LE

MONSTRE

DU

XIVme SIÈCLE

Par J-B. PENAUD

ROUBAIX
Imp. A. VILLETTE, rue Daubenton, 37
1879

LE MONSTRE

du XIVme Siècle

LE MONSTRE

du XIVme Siècle

PAR J.-B. PENAUD

ROUBAIX
IMPRIMERIE DE A. VILLETTE, RUE DAUBENTON, 37
1878

LE MONSTRE

DU XIVme SIÈCLE

PAR J.-B. PENAUD

CHAPITRE 1er

OÙ IL EST PROUVÉ QUE LES PLUS DOUCES CHOSES D'ICI-BAS N'ONT POINT DE LENDEMAIN

Tout près de la *Maison des Thermes*, devenue, plus tard, l'hôtel de Cluny, se voyait, au commencement du XIVe siècle, une habitation bourgeoise, de très-confortable apparence pour cette époque, et ayant même, dans l'ensemble de son architecture, des prétentions quelque peu seigneuriales.

C'était la demeure de l'un de ces marchands italiens venus en France pour y faire une fortune que rendait d'ailleurs facile l'insouciance ou l'incurie du gouvernement royal pour tout ce qui concernait le commerce et l'industrie... — L'extrême pénurie du trésor public — dans lequel puisaient à pleines mains non seulement le Roi, mais encore le contrôleur général des finances Enguerrand de Marigny et la Reine et les Princesses royales et plus d'un seigneur de la cour pour des dépenses considérables qu'on n'eût osé avouer — inspirait, au contraire, aux *politiques* du temps, des mesures grâce auxquelles affluaient à Paris les négociants et traficants juifs et lombards apportant avec eux les riches produits de l'étranger, et dont les énormes bénéfices passaient bientôt de leur coffres-forts dans les caisses de l'État. — Il ne suffisait pour cela que d'un simple arrêt de proscription et de consfiscation suivi de près par quelques nouvelles immunités, menteuses ou perfides, qui rappelaient les proscrits aveuglés par l'appât du lucre, et qu'une spoliation nouvelle ne tardait pas à dépouiller.

Plus sage ou plus clairvoyant que ses confrères, le lombard Matheï avait cessé tout trafic dès qu'il eut eu réalisé une fortune qui lui permît de vivre en paix, lui et sa famille, et des lettres patentes, achetées à beaux deniers comptants, lui conféraient le titre de bourgeois de Paris et le droit de braver impunément les ordonnances et les édits qui frappaient périodiquement les gens de commerce même indigènes, et qui n'étaient, après tout, que le résultat de l'inqualifiable désordre régnant en haut lieu.

Nicolas Matheï avait une fille qui était toute sa vie. C'était pour complaire à cette enfant qu'il avait fermé boutique et cessé d'emplir ses coffres. Après avoir perdu sa femme et deux jeunes fils, il avait concentré sur sa fille toutes ses facultés affectives et il en subissait avec une joie sublime toutes les volontés.

Matheï, qui avait été un habile négociant, était resté un excellent père. — Et en cela il avait mille fois raison, car, outre qu'il ne faisait pas bon, en l'an de grâce 1306, vendre des étoffes d'Orient et de Lombardie à gros bénéfices, Flora Matheï était une véritable merveille par sa beauté et son intelligence, et elle joignait à ces mérites déjà remarquables un caractère plus remarquable encore. Grande, bien faite, sans coquetterie, elle avait la plus opulente chevelure noire, et, sous ses épais sourcils, scintillaient des yeux ordinairement fort doux, mais qui lançaient des éclairs dès qu'un sentiment extrême les animait. A certains moments, elle témoignait une telle surabondance d'énergie virile, ses accents devenaient si fermes, son geste était si impérieux qu'on pouvait dire hautement d'elle qu'elle avait l'âme d'un héros sous une enveloppe angélique.

Comment donc son père ne lui eût-il pas donné tout son cœur ?

. . . .

Par une tiède et splendide soirée d'automne, un homme, à la désinvolture jeune et décidée, soulevait le heurtoir de la porte bardée de fer qui défendait l'entrée de la maison du riche bourgeois Nicolas Matheï. Cette porte s'ouvrit aussitôt, comme si cet homme était attendu, et lourdement se referma dès qu'il eût pénétré à l'intérieur.

Dans une petite chambre de cette maison, meublée avec une grande fraîcheur et une profusion de tapis et de tentures du meilleur goût, Flora Matheï était mollement assise sur une escabelle en bois sculpté, recouverte, au siége, d'une magnifique peau de tigre repliée sur elle-même. A la vive lueur d'une grosse lampe suspendue au plafond, on pouvait admirer à l'aise la blancheur de ses bras sortant nus et veloutés de ses larges manches, les tresses et les boucles épaisses de sa chevelure d'ébène se jouant sur son cou d'albâtre et la transparence nerveuse de ses mains aux doigts mignonnement effilés et tourmentant négligemment la torsade d'une ceinture tissue de soie azur et d'argent. Ses longues paupières frangées de longs cils bruns voilaient l'éclat du regard comme si elle eût été plongée dans cet état de somnolence qui peut être la rêverie, l'engourdissement de la pensée ou simplement l'attente.

Flora est seule. Son père, plein d'une tendre quiétude qui ne saurait être trahie, l'a tout à l'heure baisée au front pour se retirer chez lui, et elle attend, en effet.

Tout-à-coup son œil brille, un divin sourire éclaire son beau visage : elle a entendu le bruit d'un pas éperonné et le son d'une voix douce et mâle à la fois. Elle tend une main au moment où s'ouvre une porte, et un homme, jeune et grave, vient s'agenouiller devant elle en couvrant de respectueux baisers cette main qui lui était ainsi offerte.

— Flora, chère Flora !...

— Henri ! j'ai craint que vous ne vinssiez pas...

— Il faut me pardonner, amie, parce qu'en chemin j'ai été arrêté...

— Par quelque tire-laine ?

— Quand un gentilhomme porte à sa ceinture une bonne dague et à son flanc une longue épée les malfaiteurs ne l'arrêtent pas.

— Oh ! vous êtes vaillant, mon beau fiancé, je le sais ; mais qu'est-ce donc ?

— Je n'ai rien à vous céler Flora, et je vais vous le dire...

— On ne s'agenouille pas trop longtemps dévant une pauvre mortelle sans faire injure à Dieu ; prenez cette escabelle, seyez vous et narrez : je vous écoute...

Ils étaient charmants ainsi, ces deux cœurs

assis côte à côte, confiants et la main dans main...

— Je venais de passer devant l'hôtel Saint-Paul lorsque des clameurs retentirent derrière moi. Il me sembla qu'on appelait à l'aide et comme la nuit déjà se faisait rapide, je revins en grande hâte sur mes pas dans la pensée que quelqu'un pouvait avoir besoin de mon assistance...

— Bien, cela, Henri, bien !

— Quand j'arrivai vers l'endroit d'où il me parut que les cris étaient partis, je pus voir, au milieu d'un groupe de gens d'armes, se débattre vainement un de ces misérables *pastoureaux* vomis sur Paris par la dernière croisade, et à quelques pas de là, une femme ou plutôt une créature sans nom gisant à terre, la tête fendue par le long bourdon du pastoureau... Je regrettais de m'être ainsi détourné pour une ignoble querelle, lorsqu'un vieillard d'aspect peu vénérable, quoique bien vêtu, vint me regarder fixement...

— N'êtes-vous pas, messire, me demanda-t-il brusquement, le seigneur Henri d'Audigny?

Le ton de ce vieillard me déplut.

— Que vous importe? lui répondis-je. Allez porter ailleurs vos questions.

Et je voulus poursuivre mon chemin, impatient que j'étais, chère Flora, d'accourir près de vous.

— Que voulait donc cet homme, Henri?

— Vous allez voir.

— Si vous saviez, me dit-il en marchant à mon côté et en réglant son pas sur le mien; si vous saviez pourquoi je me permets de vous questionner ainsi, messire, je suis persuadé qu'au lieu de me rebuter comme vous le faites, vous me remercieriez; car tous les jeunes hommes que je rencontre n'ont point la fortune d'entendre ce que j'ai à vous dire.

Je vous avoue que ces paroles excitèrent ma curiosité. Que pouvait avoir à me dire ce vieillard que jamais je n'avais vu ? Je le lui demandai formellement.

Une dame noble et de haut rang, me dit-il alors, désire vous recevoir chez elle, pendant une absence de son époux. Si donc vous voulez vous trouver ce soir, après le couvre-feu, à l'entrée du petit Pré-aux-Clercs, du côté de l'eau, vous ne tarderez pas à reconnaître qu'on l'on vous veut beaucoup de bien...

Je n'ai pas besoin de vous dire ce que je répondis à cet homme... Je suis à vous, Flora. Dans quelques semaines je vous donnerai mon nom et je veux, entendez-vous, Flora ? je veux que ce nom soit sans tache aucune, comme le blason de ma famille !... Si j'avais pu accepter la proposition infâme de cet infâme entremetteur, jamais je n'oserais reparaître devant vous, Flora, devant vous, si pure et si adorée !

La jeune fille se pencha vers son fiancé et ils se parlèrent tout bas, si bas qu'il nous est impossible de redire ici ce que ces deux âmes se murmurèrent, le regard de l'une noyé dans les yeux de l'autre...

. . . .

Cela dura jusqu'à ce que les sons du couvre-feu vinssent leur rappeler que l'heure de la séparation était venue.

. . . .

Lors de la première croisade — si éloquemment, si fougueusement prêchée par Pierre l'Ermite au cri répété de *Dieu le veut* ! — l'aïeul d'Henri d'Audigny, modeste bourgeois d'une petite ville de la Picardie, suivit son seigneur, personnage considérable qui voulait énergiquement et pieusement concourir à la délivrance du

Saint-Sépulcre. Au siége d'Andrinople, pendant une vigoureuse sortie des Sarrazins, ce bourgeois fit des prodiges de valeur et fut assez heureux pour pouvoir sauver son seigneur qui, dans un accès de folle témérité, s'était si bien aventuré au milieu des rangs ennemis, qu'il allait être occis ou tout au moins fait prisonnier. En récompense de ce signalé service, le seigneur sollicita et obtint du roi Louis IX des lettres de noblesse pour son vaillant vassal, et, depuis lors, la famille du bourgeois picard fit souche de gentilshommes.

Plus d'une noble maison de notre temps n'ont point d'autre origine et doivent leur immense fortune aux privilèges et aux apanages dispensés autrefois par la faveur royale.

Henri d'Audigny, après avoir été page d'un grand seigneur provincial, avait pris rang parmi les écuyers d'un prince lorrain qui avait suivi Louis le Hutin dans l'une des guerres dont le résultat final devait être la conquête de la Flandre, et sa belle et généreuse conduite lui avait bientôt valu la chaîne et les éperons d'or de chevalier. La carrière des honneurs s'ouvrait donc pour lui lorsque, dans son dernier voyage à Paris, il eut l'occasion de rencontrer, à l'église, la belle Flora Matheï. Il en devint si éperdûment amoureux qu'il n'eut plus d'autre souci que de la revoir et de s'en faire aimer. Il alla résolûment frapper à la porte de l'opulent lombard et lui déclara loyalement ses honorables intentions. L'ancien marchand ne repoussa pas le chevalier qui eût le don de plaire à la jeune fille et qui, devenu le maître absolu de sa destinée par la mort de son père et par la tendresse de sa mère, ne s'arrêta pas un instant à la pensée qu'il pouvait déroger en aspirant à la main d'une bourgeoise — fût-elle riche comme les coffres réunis des lombards et des juifs.

Il connaissait d'ailleurs la source de sa fortune et il lui importait peu, en sentant battre son cœur — inondé par les rayons de l'amour de Flora — que ses parchemins fussent ou non de fraîche date.

Il aimait, il était aimé : l'univers tout entier s'effaçait devant cette fulgurante joie !

. . . .

Encore quelques heures à peine et l'union des jeunes gens allait être consacrée par le prêtre. Nicolas Matheï avait fait des folies de prodigalité, car bien de nobles damoiselles, fiancées à quelque duc, n'auraien pu monter, aux regards éblouis et envieux de leurs amies, autant de bijoux et de riches étoffes; mais elle n'y songeait guère, non plus qu'Henri : leur bonheur n'était pas dans les choses matérielles, et de tout ce luxe qui les entourait ou qui leur était promis, ils ne voyaient rien. Ils vivaient en eux, lui par elle, elle par lui, ne se préoccupant de rien au-delà d'eux-mêmes et l'avenir était, pour eux, exclusivement dans l'amour qu'ils s'étaient voué sans restriction.

Heureux enfants ! ils entraient dans la vie par la porte du bonheur et croyaient sincèrement, saintement à la durée éternelle de cette félicité !

. . . .

— A demain ! disait Flora en reconduisant son fiancé jusque dans la cour et aux derniers avertissements du couvre-feu.

— Oui, ma Flora, à demain, et puis... plus jamais de séparation... Tous mes jours, toutes mes heures seront à vous, comme toutes mes joies, tout mon bonheur me viendront de vous !

C'était le lendemain que leur mariage devait avoir lieu.

. . . .

Henri d'Audigny marchait du pas de

l'homme heureux. La nuit était profonde et l'air assez vif, ce jour-là, pour que le jeune homme eût cru devoir s'envelopper d'un manteau dont il ramenait les plis jusque sur son visage.

Il approchait rapidement de l'Ile-aux-Vaches dont la bordure de saules s'estompait vigoureusement sur le fond gris de la Seine... Il allait passer sur le vieux pont des Tournelles quand ses pieds rencontrant un obstacle — comme celui produit par une corde ou par une chaîne — il perdit l'équilibre et tomba... Il voulut se relever et pour cela il cherchait à se débarrasser des plis de son manteau, mais il fut instantanément entouré et saisi par quatre hommes masqués qui parvinrent aisément à paralyser ses mouvements, et, tandis que l'un d'éux lui passait très-adroitement un baîlllon pour étouffer ses cris, les trois autres le réduisirent à l'immobilité en lui attachant les bras et les jambes et il se sentit aussitôt soulevé et emporté. On lui avait, en outre, enveloppé la tête avec son propre manteau, de sorte que non-seulement il ne pouvait articuler un son, mais encore la perception de ce qui se passait lui échappait complètement.

Cette attaque avait été si prompte,si soudaine ; les agresseurs avaient si bien pris leurs précautions, qu'Henri avait été comme étourdi et n'avait pu ni faire un mouvement défensif, ni dire un seul mot.

Il se sentit porté pendant un quart d'heure environ ; il entendit distinctement le murmure de la Seine roulant ses ondes ; mais aucune parole ne fut échangée entre ceux qui le portaient. Ceux-ci s'arrêtèrent enfin ; il se fit comme un bruit de fer grinçant contre le fer et il comprit qu'une porte s'ouvrait, se refermait et qu'on le portait toujours en montant un escalier en spirale...

Puis ses ravisseurs s'arrêtèrent de nouveau, on le maintint debout et sa tête fut débarrassée du manteau.

Il put voir !

Il se trouvait dans une chambre circulaire, luxueusement meublée et éclairée. Il avait encore son baîllon et ses liens n'étaient point enlevés ; mais enfin il était debout, il voyait et il était seul...

Un coup de sifflet éloigné se fit entendre et presque aussitôt un panneau parut glisser dans la muraille de la chambre; par l'ouverture une femme voilée entra lentement et vint se placer devant lui.

Le panneau, mû sans doute par un ressort invisible, avait immédiatement comblé l'ouverture.

Henri d'Audigny et la femme voilée se regardaient avec une attention étrange ; de son côté à lui il y avait un étonnement que la situation expliquait de reste, mais dans le regard de la femme on ne pouvait méconnaître la plus ardente curiosité.

Cette curiosité était d'autant plus évidente, palpable pour ainsi dire, qu'à la hauteur des yeux son voile était troué comme les haïcks des femmes de l'Orient.

Sans mot dire, cette femme, s'approchant du jeune homme, lui enleva son baîllon et rendit la liberté à ses jambes et à ses bras.

Puis, ils se regardèrent encore,lui, cherchant à deviner, elle, le dévorant des yeux...

Enfin, la première elle parla.

Sa voix, douce comme celle des Syrènes, était tremblante d'une émotion à peine contenue.

— Messire d'Audigny, vous pardonnerez, je l'espère, les violences que vous venez de subir quand vous saurez que c'est une femme qui les a ordonnées.

D'Aubigny croisa les bras et ne répondit point.

— Cette femme, c'est moi ; et je rompts moi-même vos liens, je vous rends votre liberté de langage et d'action parce que je suis femme et que vous êtes, je le sais, un brave chevalier.

— Je ne sais, moi, qui vous êtes, Madame, et n'ai nulle envie de l'apprendre ; mais je vous demande pourquoi, avant de me quitter, les honnêtes bandits que vous employez m'ont enlevé mon épée et mon dague ?

— Pourquoi parler d'armes quand vous êtes seul avec moi ? Suis-je donc, à vos yeux, si redoutable ?

— Vous ne répondez pas, madame...

— Quand un homme aime une femme, que n'est-il, dites-moi, capable de faire pour posséder cette femme ? Je vous aime, chevalier, et comme vous avez repoussé dédaigneusement les offres que je vous ai fait faire, j'ai mis ce soir à exécution l'un des moyens dont je pouvais disposer... Votre dague et votre épée vous seront fidèlement rendues quand vous sortirez d'ici...

— Où suis-je ?

— Chez moi.

— Qui êtes vous ?

— je vous le dirai... entre deux baisers.

Et, provoquante, animée par le feu d'une passion qu'elle ne déguisait pas, la femme voilée voulut s'emparer d'une main qui ne lui était point tendue.

—Demain, Madame, fit gravement Henri, je donne mon nom à une jeune fille que j'honore à l'égal d'une sainte, à laquelle déjà j'ai donné tout mon cœur, toute mon âme... Je ne puis donc répondre à l'amour que vous dites avoir conçu pour moi, vous que je ne vois pas, que je ne connais peut-être pas davantage...

Un léger frémissement se fit jour sous les longs plis du voile.

— Cet aveu fait l'éloge de votre loyauté, messire, et je donnerais bien des jours sur ceux qui me restent à vivre pour être aimée, ne fût-ce qu'une heure, par un homme comme vous...

— Ma franchise, au moins, madame, me vaudra votre estime ; c'est tout ce que, de vous à moi, je puis ambitionner, et j'attends, pour prendre congé de vous, que vous me fassiez rendre mes armes.

— Vous êtes trop courtois, chevalier, pour me quitter aussï brusquement, et, puisque je ne puis rien sur votre cœur, hélas ! ne me refusez pas de vous traiter en ami. Dans l'es poird'unbonheur plus grand, j'avais fait préparer un souper que je serais heureuse de vous voir partager avec moi... Acceptez-le et je vous serai reconnaissante du souvenir qui m'en restera...

— Madame...

— Venez, messire, nous boirons à la santé de votre fiancée.

La syrène frappa dans ses mains et le panneau de la muraille s'ouvrit de nouveau.

Un flot de lumière et une atmosphère imprégnée des plus doux parfums entourèrent le jeune homme qui, cette fois, se laissa conduire, et il se trouvait déjà dans une pièce où tout respirait la volupté la plus raffinée, qu'il n'avait pu encore se rendre un compte bien exact des sentiments qui le maîtrisaient et, surtout, de sa docilité.

Presque machinalement et toujours guidé par une douce main, il s'assit devant une table somptueusement et délicatement servie, ayant à côté de lui la dame toujours voilée qui, prenant une coupe et l'emplissant d'une liqueur d'un jaune d'or, y trempa ses lèvres en disant :

— A votre belle fiancée, messire ! car elle est belle, n'est-ce pas ?

— Belle comme un habitant du Paradis, madame, et je vous fais, sur ce point, volontiers raison !

Et saisissant la coupe qui lui était tendue, il la vida d'un trait.

— Son nom, me le direz-vous, messire ?

— Flora, madame.

— Un nom délicieux, chevalier... Et elle doit bien vous aimer, car vous êtes beau aussi, car vous êtes brave, car vous avez...

— De grâce, madame !...

— A un ami ne peut-on dire ce que l'on pense de lui ?

— Dites-moi, messire, connaissez-vous la cour de France ?

— Non, madame. Je ne suis qu'un modeste gentilhomme de Picardie et ne vis à Paris que depuis quelques mois.

— N'avez-vous jamais vu les grandes dames qui habitent au Louvre ?

— Je n'ai point encore eu cet honneur.

— On les dit belles aussi, n'est-ce pas ?

— C'est vrai, madame.

— Les princesses Blanche et Jeanne ont, dit-on, une réputation de beauté et de grâces à rendre jalouses bon nombre de femmes...

— Il en est une autre, madame, qui, dit-on encore, les surpasse en grâces et en beauté...

— Laquelle, messire ?

— La reine de Navarre...

— Marguerite de Bourgogne ?

— Oui, madame.

— Je ne partage pas cet avis, chevalier ; et vous ?

— Je n'en puis avoir en cette occurence, madame, puisque je n'ai jamais rencontré ni les princesses ni la Reine.

—Vous ne buvez pas, messire. Seriez-vous donc sobre comme un anachorète ? Ce voile devient incommode...

— Que ne l'ôtez-vous, madame ?

— Au fait, vous êtes trop honnête homme, messire, pour n'être pas discret, et puisque nous ne devons plus nous revoir après cette soirée...

— Votre confiance est bien placée, ma dame.

En un tour de main le voile fût enlevé.

Henri d'Aubigny n'en peuvait croire ses yeux...

La femme qui était près de lui était presque aussi jeune, presque aussi belle que Flora Matheï ! Elle avait, elle aussi, une luxuriante chevelure notre et des yeux d'ange ou de démon ! Mais ce que n'avait pas sa chaste fiancée, c'étaient cette hardiesse de regards, ces lèvres épaisses et sensuelles qui sollicitaient le baiser ; c'était enfin, dans son attitude, dans ses gestes, dans toute sa personne, cet abandon plein d'impudiques séductions de nature, en vérité, à porter le trouble dans l'esprit et dans les sens de l'homme le moins fait pour en éprouver. Ce qui ajoutait au plus haut point aux attraits déjà irrésistibles de cette femme, indépendamment des détails voluptueux dont elle était entourée et par l'ameublement et par les tableaux de la chambre — que nous pourrions appeler aujourd'hui un boudoir de petite dame — c'était son costume, consistant en une espèce de tunique sans manches et, pour ainsi parler, sans corsage, laissant par conséquent ses bras et sa poitrine entièrement à découvert.

. . . .

Ce que cette femme dépensa, en une heure, de dévergondage habilement dissimulé pour envelopper d'Audigny dans les mailles imperceptibles d'un réseau de sophismes galants, nous le dirons pas; mais grâce à l'enivrement qu'elle parvint à exciter en lui et sans doute aussi à l'usage répété de la coupe qui passa fréquemment des lèvres de l'un aux lèvres de l'autre, le jeune homme s'oublia et, momentanément, foula aux pieds ses promesses les sacrées, le souvenir de Flora, son saint amour !

. . . .

« Que celui qui n'a jamais péché lui jette la première pierre ! »

. . . .

La nuit était très-avancée...Henri d'Audigny s'éveilla, croyant sentir encore près de lui l'enchanteresse sur l'épaule blanche et parfumée de laquelle il s'était doucement endormi... Elle avait disparu !

. . . .

Au bruit qu'il fait en cherchant une issue, le panneau secret que nous avons déjà vu fonctionner glisse de nouveau dans sa rainure et, à la pâle clarté des lampes qui vont s'éteignant, quatre hommes apparaissent tenant dans leurs mains, quatre épées nues et quatre dagues longues et effilées...

— Messire d'Audigny, dit l'un d'eux en s'avançant vers le jeune homme stupéfait de cette formidable invasion, messire d'Audigny, faite votre prière...

— Que voulez-vous ? répond fièrement le chevalier, recouvrant spontanément son sang-froid. Quels sont vos desseins ? Si parmi vous se trouve l'époux que j'ai offensé sans avoir prémédité l'offense, qu'il ait au moins la loyauté de me faire rendre mes armes pour que je puisse, moi, lui rendre raison en gentilhomme !

— Il ne s'agit ici ni d'époux, ni d'offense à venger. Il y a cinq hommes dont un seul doit mourir ! Dépêchons !

— Vous vous trompez : moi seul je suis un homme ; vous êtes, vous, quatre assassins !

Et ce disant, Henri d'Audigny fait un bond qui le sépare des quatre hommes armés par la largeur de la table, et il s'empare d'une escabelle pour s'en faire à la fois une arme et un bouclier.

Prompt comme l'éclair, l'un des assaillants éteint les lampes et, dans l'obscurité qui succède brusquement à la lumière, une lutte affreuse s'engage.... Puis, le bruit d'une chûte et un faible cri se font entendre ..

A cet instant, la femme voilée reparaît, tenant en main un flambeau et elle peut voir le fiancé de Flora Matheï étendu sanglant sur le sol.

Un coup de dague dans la région du cœur avait mis fin au combat.

— Faites votre office, dit-elle impérieusement, sans trouble aucun dans la voix, et que l'on me reconduise !

Alors, aux reflets du flambeau qu'elle porte, les meurtriers soulèvent le corps de l'infortuné qu'elle a lâchement trahi et livré, ouvrent une fenêtre et précipitent ce corps pantelant par cette nouvelle issue.

On put entendre le sourd clapotement de l'eau se partageant violemment pour recevoir la dépouille d'Henri d'Audigny, et... ce fut tout !

CHAPITRE II

D'OÙ IL APPERT QU'IL N'EST PAS ABSOLUMENT BESOIN D'ÊTRE UN HOMME POUR AVOIR UNE VOLONTÉ MALE, ET QUE LE HASARD EST VÉRITABLEMENT UN GRAND MAÎTRE

Le lombard Matheï était matinal. Il avait conservé de son ancienne profession une grande activité et un besoin de locomotion qu'il ne pouvait plus guère satisfaire qu'en se promenant. Aussi, chaque jour et lorsque la clémence de la température le lui permettait, il quittait sa maison, laissant sous la garde de deux fidèles domestiques sa chère enfant encore endormie, et allait respirer à pleins poumons l'air frais et pur du matin sous les ombrages de l'Ile-aux-Vaches ou sur les pelouses vertes du Pré-aux-Clercs.

Or, ce jour-là et en attendant que l'heure fût venue de se préparer à la solennité qui devait faire le bonheur de sa fille en lui donnant le droit d'aimer publiquement l'homme de son choix, Nicolas Matheï suivait la rive gauche de la Seine. Il songeait, non sans une certaine amertume, que dans quelques heures Flora cesserait d'être toute à son père pour passer sous la légitime domination d'un époux, mais il se consolait à la pensée qu'elle ne quitterait point pour cela le foyer paternel et qu'il pourrait la voir et la combler de tendresses et de soins comme autrefois. Il ne se dissimulait pas, d'ailleurs, que la condition sociale de son unique idole allait sensiblement s'améliorer par son union avec le seigneur d'Audigny, et il se glorifiait d'avoir su, par sa seule intelligence, par sa seule volonté et par une habileté dont il pouvait, sans présomption, justement s'enorgueillir, préparer à sa fille l'avenir brillant et plein de considération qui s'ouvrait devant elle...

Lui, le marchand obscur, le bourgeois modeste allait, de par la fortune qu'il avait eu l'adresse d'amasser et de soustraire à la cupidité royale, faire de son enfant la femme d'un noble dont les destinées étaient peut-être sans limites !... Comme il était fier et comme la perspective du bonheur de Flora étouffait aisément les secrètes émotions de son cœur de père !

. . . .

Il marchait donc heureux et souriant, voyant, en imagination, de petits chérubins blonds et roses gambader autour de lui et lui tendre des bras blancs et potelés en l'appelant « grand'-père », lorsque son rêve fut brusquement interrompu par de puissantes clameurs... Il leva les yeux et aperçut à courte distance un groupe composé d'écoliers et de mariniers gesticulant avec animation et force cris.

Il hâta le pas pour s'informer et bientôt il put entendre les réflexions énergiques ou furieuses de cette foule compacte au point que son centre échappait, pour le moment, aux regards de notre bourgeois.

— C'est le septième depuis trois jours, disait l'un des mariniers. Depuis trois jours, chaque matin, à cette heure-ci, j'en ai vu retirer deux portant exactement la même blessure que celui-ci...

— Et remarque, compère, disait un autre marinier, que c'est toujours au-dessous et jamais au dessus de la Tour de Nesle...

— Par monseigneur le diable, ajoutait un écolier à la mine fière et au pourpoint déchiré, il est aussi à remarquer que ce sont toujours de jeunes et beaux hommes...

— Par Saint-Eustache, mon patron, poursuivait un autre écolier, il faudra savoir d'où partent les coups qui font ainsi passer de vie à trépas tant de jeunesses mignonnes !

— Et quand nous le saurons, nous vengerons exemplairement les morts !

— A quoi donc passe son temps messire le Prévôt ?

— Allons le relancer pour qu'il fasse son devoir !

— Portons-lui le cadavre d'aujourd'hui afin que demain les criminels soient à Montfaucon !

— A la potence le Prévôt s'il n'y envoie les meurtriers !...

Et le groupe s'agitait, se démenait, lançant ses imprécations et ses gestes menaçants dans l'espace...

Quelques-uns se baissèrent et soulevèrent le corps d'un homme dont la tête, sans appui, roulait de côté ou se relevait et tombait mollement au gré des ondulations que lui imprimaient les porteurs. Cette tête évidemment jeune, était livide, belle encore, et laissait voir, tout ouverts, deux grands yeux bleus, glauques et vitreux. Les bras et les jambes pendaient inertes au-delà des robustes mains qui les soutenaient, et une plaie presque imperceptible marbrait de rouge et bleu, au-dessous du sein gauche, la poitrine que l'ardente curiosité des écoliers avait mis à découvert...

— Place à la mort ! dit gravement un écolier en écartant de la main la foule qui grossissait de minute en minute et qui s'ouvrit aussitôt pour laisser passer le funèbre cortége.

— Chez le Prévôt !... chez le Prévôt !...

— Malheur à lui, si justice n'est pas faite !

Ecoliers bruyants, étourdis mais plein de cœur ; mariniers graves et recueillis ; bourgeois et manants soucieux ou indifférents, tous s'ébranlèrent alors à la suite de ce cadavre dont les riches vêtements indiquaient la haute condition.

Nicolas Mathéï fit quelques pas pour mieux voir. Tout à coup il pâlit affreusement et chancela comme s'il allait tomber...

Il venait de reconnaître le mort !

— Miséricorde ! c'est lui ! Arrêtez... Je connais celui que vous portez... Oh ! ma pauvre Flora !...

Et soutenu par deux hommes sympathiques, Nicolas Mathéï se fit jour jusqu'au cadavre.

Le cortége s'arrêta soudain.

— Parlez, bourgeois, dit l'un des porteurs et soyez assuré de notre appui. Le peuple est avec ceux qui souffrent !

— Oui, oui ! s'écrièrent les écoliers,

comptez sur nous pour venger le défunt !

Matheï s'affermit sur ses jambes, et au souffle de cette énergie populaire qui l'entourait, il recouvra la force dont il avait besoin.

— L'infortuné que vous portez était le fiancé de ma fille et il devait aujourd'hui même l'épouser. De son vivant, il s'appelait Henri d'Audigny et il était digne de toute ma confiance, de toute mon affection, car il était bon et brave entre tous... Au lieu d'aller chez messire le Prévôt, notre premier devoir est de nous assurer si la science ne peut plus rien pour lui... Suivez-moi donc à l'hôtellerie du *Pigeon blanc*, aux Innocents, où demeurait le seigneur d'Audigny, et que l'un de vous se détache pour aller à la recherche d'un mire (1) qu'il conduira immédiatement à l'hôtellerie.

—Il y en a justement un fort savant

(1) Médecin de l'époque.

dans mon logis, fit un écolier, je vais le quérir.

. . . .

Quelques instants après, le corps d'Henri d'Audigny était déposé sur le lit de la chambre qu'il avait jusqu'alors occupée au *Pigeon Blanc*, hôtellerie habituellement fréquentée par les nobles et seigneurs de province habitant momentanément Paris, et le mire amené par l'écolier n'eut pas besoin d'un long examen pour déclarer que la mort du malheureux jeune homme remontait déjà à quelques heures.

. . . .

Pendant que se passait cette lugubre scène; pendant que la foule se portait, fiévreuse et couroucée, sous les fenêtres grillées du Prévôt pour n'obtenir de ce magistrat que des promesses illusoires — tant étaient fréquentes, pour lui, les alertes du genre de celle-ci, tant étaient insuffisants les moyens de répression dont il pouvait disposer; pendant que Nicolas Matheï, agenouillé pieusement devant le cadavre de celui qu'il se réjouissait naguère de nommer bientôt son fils, s'épuisait vainement en efforts d'esprit, la tête plongée dans les mains, pour trouver un moyen de préparer sa fille à l'immense malheur qui venait de la frapper, Flora, la belle et tendre Flora revêtait avec la joie la plus profonde les atours virginaux dans lesquels elle devait, dans un moment, accompagner jusqu'à l'autel de l'église voisine son seigneur et maître, celui dont le souvenir et le nom seuls faisaient battre délicieusement son jeune cœur.

Déjà même elle s'étonnait de ce que son fiancé, son époux ne s'était pas encore empressé d'accourir auprès d'elle ; déjà elle avait fait demander son père dont la promenade prolongée excitait son impatience...

L'heure approchait — rapide et lente — et Flora attendait toujours !...

Enfin, la lourde porte de la maison s'ouvre. La jeune fille, prête depuis longtemps, pâle d'une émotion multiple et que tous nos lecteurs comprendront, quitte précipitamment son siége et s'avance pour recevoir ceux dont elle désire si vivement la présence; mais soudain elle recule en frémissant et un nuage sombre s'étend sur son front de reine...

Son père est devant elle, mais il est seul, mais il est encore plus pâle qu'elle, mais un tremblement visible l'agite et ses yeux sont voilés par deux grosses larmes...

Nicolas Matheï entre lentement et se laisse tomber sur un siége en étouffant un sanglot.

Frappée soudainement au cœur par la plus poignante anxiété, la jeune fille n'ose d'abord interroger son père. Il lui semble qu'au premier mot échangé entre elle et lui le ciel va s'écrouler pour l'écraser !

Mais le silence, mais l'incertitude, mais le doute sont parfois plus terribles que la plus horrible certitude ; la pauvre enfant, refoulant résolûment en elle l'angoisse qui monte à sa gorge en l'étreignant violemment, appelle à son secours toute l'énergie dont elle est douée.

— Père, dit-elle, vous savez pourquoi Henri n'est pas ici ?

— Oui...

— Dites-le moi.

— Il ne viendra pas.

— Pourquoi ?

— Parce que ce matin... des mariniers ont retiré de la Seine un cadavre.

Flora se cramponna, pour ne pas tomber, à un meuble auprès duquel elle se tenait, debout blanche et froide comme une statue de marbre.

— Et ce cadavre ?

— C'était...

— Henri ?

— Oui !

— Où est-il ?

— Chez lui... où je l'ai fait transporter.

— Venez, père...

Et avec les mouvements saccadés et fébriles qu'imprime, mêmes aux plus fortes natures, un désespoir contenu par une puissante volonté, la jeune fille se dépouillait de ses atours de fiancée. Elle sortit un instant, laissant son père accablé et sans forces, et reparut vêtue de noir, sans un bijou, la tête voilée comme celle d'une veuve...

— Venez avec moi, père, répéta-t-elle.

— Où donc ? fit machinalement le vieillard.

— Chez lui. Je veux le voir !

— Flora, chère enfant !... Ta douleur me fait un mal affreux... A quoi bon l'augmenter encore par la vue de...

— Je veux le voir !

— Tu oublies ton père !

— Oh !

Et le père et la fille se jetèrent dans les bras l'un de l'autre et se tinrent longtemps cœur à cœur, lui pleurant, elle, levant vers Dieu ses yeux secs, mais navrants d'expression.

— Partons ! fit la pauvre enfant, etsoyez sûr que je serai calme et forte.

. . . .

Dans la chambre de l'hôtellerie du *Pigeon Blanc* où reposentles restes mortels d'Henri d'Audigny, entrant deux personnes. L'une, un homme à cheveux blancs, va silencieusement s'agenouiller au pied du lit et prie. Le visage de ce vieillard est caché par deux mains tremblantes, et entre les doigts de ces deux mains coulent des larmes.

L'autre personne est une jeune fille en deuil, au maintien digne et grave. Elle va droit au chevet du mort, soulève la tête dont la froide rigidité commence et la baise longuement au front...

Puis, elle regarde ce mort dont la jeunesse et la beauté faisaient, la veille encore, son orgueil et sa joie...

Les mouvements précipités de son sein accusaient seuls ses tortures.

— Henri dit-elle enfin d'une voix profonde, il y a une heure je t'attendais vivant pour te donner toute ma vie... Puisque désormais mes rêves de bonheur sont anéantis, brisés par ta mort, je meure, moi, ta fiancée, moi, ta veuve, je jure devant Dieu et par l'amour immense qui nous unissait, je jure de te venger ! Quels que soient les assassins, je les connaîtrai; en quelque lieu qu'ils respirent, je les trouverai ; et ton ombre sera satisfaite !... Henri d'Audigny, mon époux bien-aimé, mon seigneur et maître, adieu ! ou plutôt, au revoir !... Père, embrassez votre fils et rentrons... Demain nous l'accompagnerons à sa dernière demeure ; puis commencera pour moi une tâche sacrée !

Le vieillard cessa de prier, alla, lui aussi, baiser le front du mort, s'appuya sur le bras de sa fille et ils sortirent, silencieux et mornes, de l'hôtellerie du *Pigeon blanc*.

. . . .

Il y avait en ce temps-là, rue de la Parcheminerie, une maison de fort chétive apparence qui n'était habitée que par de pauvres diables aux professions problématiques...

A toutes les époques il y a eu — dans ce vaste réceptacle de grandes et petites choses, de luxe et de misère, que l'on nomme Paris — de ces existences mystérieuses qui sont, les unes hantées par le crime, les autres greffées sur le martyr...

Au fond de cette maison, dans une petite cour sombre et toujours boueuse, logeait, au rez-de-chaussée, une famille composée d'un homme, d'une femme et d'un jeune garçon de seize ans.

L'homme était grisonnant, portait une barbe inculte et avait une vraie face patibulaire.

La femme, qui conservait des vestiges de beauté, avait, comme son mari du reste, le teint basané des campagnardes italiennes et portait sur ses traits l'empreinte morbide soit des privations physiques, soit des douleurs morales.

Le jeune homme, grand pour son âge,

était fluet de formes, blanc de visage et avait le regard fier d'un gentilhomme...

L'homme et la femme l'appelaient Luigi.

On devinait facilement, en le voyant, qu'il lui manquait l'air vif et pur des champs, les vastes horizons, et que sa nature intelligente s'étiolait dans l'espace trop restreint où il était condamné, par le sort, à vivre d'une vie entièrement opposée à ses aspirations et à ses besoins.

C'était peu de jours après le crime affreux dont l'infortuné d'Audigny avait été l'innocente victime. Il était nuit et une lampe grossière et fumeuse éclairait de ses faibles lueurs le logis plus que modeste de cette famille.

La femme apprêtait le dernier repas de la journée et Luigi parcourait avec un ennui visible les pages maculées d'un vieux livre, tandis que l'homme, accroupi dans un coin, fourbissait activement la lame d'une de ces longues dagues appelées, alors, miséricordes.

Le silence le plus profond régnait entre les trois personnes, lorsque la porte donnant sur la cour s'ouvrit et livra passage à un cavalier de taille moyenne et pour ainsi dire caché sous les plis amples d'un long manteau.

A cette brusque apparition, l'homme se leva, le jeune homme interrompit sa lecture et la femme elle-même oublia sa cuisine.

Tous trois regardaient curieusement le nouveau venu.

Celui-ci ferma la porte et s'avança vers l'homme à la dague.

— J'ai absolument besoin de vous entretenir seul, lui dit-il à mi-voix comme s'il eût craint d'être entendu. Conduisez-moi dans la chambre qui est là...

Et l'inconnu montrait une porte qui se voyait, en effet, dans la muraille du fond.

— Ne pourrais-je savoir de quoi il s'agit ? demanda l'homme à la dague.

— Vous seul devez m'entendre et il y a à gagner, pour vous, des royaux d'or de bon aloi...

— Si c'est comme ça, messire, je suis à votre service... Femme, allume la résine, moi je prends la lampe, et n'oublie pas que messire et moi ne devons être aucunement dérangés.

Et ce disant, l'homme prit la lampe et entra, suivi du cavalier, dans la chambre voisine dont la porte fut soigneusement fermée, à l'intérieur, par l'inconnu lui-même.

— Je suis tout oreilles, messire, dit l'homme en posant la lampe sur un bahut vermoulu.

Alors seulement, le cavalier se débarrassa de son manteau et découvrit en retirant son chaperon de velours noir, une tête jeune, pâle, imberbe, couverte des plus beaux cheveux noirs et ayant deux grands yeux également noirs, magnifiquement fendus et bordés de longs cils d'où s'échappaient de véritables éclairs. L'expression du visage surtout était remarquable ; elle tenait à la fois de la plus douce mélancolie et de l'énergie la plus froide, la plus absolue ; on y lisait incontestablement une force de volonté implacable et nous ne savons quoi de fatal et de bon en même temps. Enfin les traits de ce visage étaient beaux, d'une grande pureté de lignes et l'on ne pouvait lui reprocher, à la rigueur, que l'absence de cette accentuation virile qui est comme le cachet extérieur du sexe masculin, et celle à peu près complète de barbe — remplacée seulement, au-dessus de la bouche, par un duvet noir, mais léger comme celui d'un adolescent. — Cependant on pouvait, à première vue, donner vingt ans à ce cavalier dont les proportions et l'attitude défiaient à coup sûr toute critique.

Ainsi que le voulait l'usage du temps, l'inconnu portait des armes ; il avait une respectacle rapière à son côte gauche et une dague à sa ceinture.

Il déposa son manteau et son chaperon sur le bahut et se retourna vers le maître du logis qui recula soudain en ouvrant démésurément les yeux...

— Quoi ! vrai Dieu ! ce n'est pas possible ! Vous... ici !...

Le cavalier mit un doigt sur ses lèvres.

— Chut ! fit-il... Je suis le seigneur Florestan et je t'apporte de l'or ; mais il me faut l'assurance formelle que je puis compter sur ton silence, partout et toujours, jusqu'à ce que je t'autorise à le rompre...

— Sur quoi faut-il vous le jurer ?

— Sur la tête de ton fils.

— Je vous le jure sur l'amour de votre excellent père pour vous, j'aime mieux çà...

— Bien... Il me faut en outre la certitude de te trouver ici, dans cette chambre, tous les jours, à cette heure, jusqu'à nouvel ordre...

Jusqu'à l'heure du couvre-feu, si vous voulez... je m'y engage.

— As-tu encore chez toi tout ce qu'il faut pour des leçons d'armes ?

— Toujours ; mais pourquoi me demandez-vous çà ?

— Je te dis que je t'apporte de l'or et j'ajoute qu'il me faut, de toi, une entière soumission à mes désirs sans que j'aie à répondre à des questions qui peuvent être fort indiscrètes ou à des observations dont je n'ai que faire... Pardonne-moi, mon vieil ami, ces paroles un peu dures, et dis-toi bien que je ne fais rien sans la plus absolue nécessité.

— Je vous suis dévoué... seigneur Florestan, tout autant qu'à votre père, mon bienfaiteur. Vous n'avez donc qu'à ordonner pour que j'obéisse aveuglément.

— Merci, mon brave Orsini, et, maintenant, donne-moi une leçon sans ménagements aucuns, car il faut, entends-tu ? il faut qu'avant longtemps, je puisse manier une épée ou une dague avec l'habileté d'un courtisan et la solidité d'un reître...

Celui que le seigneur Florestan venait de nommer Orsini alla retirer d'un coin de la chambre un grand coffre de bois, et, l'ouvrant, il y prit tout l'attirail dont on se servait, en ce siècle batailleur et bretteur, pour l'exercice de cet art de l'escrime — si utile à plus d'un point de vue — et, tout en partageant avec son élève improvisé les lames boutonnées, les masques de fer et le reste...

—Vous souvenez-vous encore, lui disait-il, des principes que je vous ai donnés autrefois ?

— Je me souviens seulement que tes leçons ont puissamment contribué à développer mes forces et à conserver ma santé, à une époque de ma vie où elle était sérieusement menacée. Je me rappelle, en un mot, que, grâce à toi, l'escrime et la natation ont été salutaires à mon enfance; mais si je sais encore nager comme un poisson, je crois bien que je n'entends plus grand'chose aux tierces, aux quartes, aux coupés et aux feintes... Allons, Orsini, mène-moi comme il y a huit ans et... en garde !

. . . .

Cet Orsini, d'origine italienne, ainsi que son nom l'indique assez, était un sacripant, honnête à ses heures et selon ses intérêts, qui cumulait avec une grande discrétion les actes honorables qu'inspirent d'ordinaire la reconnaissance, le dévouement et les sentiments les plus généreux avec les hauts faits du bandit le moins scrupuleux qui conduisent tout droit à la potence.

Après avoir guerroyé en Italie sous le harnais et sous la large conscience du reître, il avait été conduit, par la fortune capricieuse, vers 1287, en Bourgogne où il faisait partie d'une compagnie de lansquenets au service du duc Robert II, père, comme chacun sait, de la trop fameuse Marguerite de Bourgogne, mariée, très-jeune encore, à Louis-le-Hutin, fils du roi de France Philippe IV, dit le Bel.

Pour certains faits qu'il ne racontait à quiconque, — car, nous venons de le dire, il était fort discret — Orsini quitta la Bourgogne et vint à Paris. Là, il vécut assez misérablement jusqu'au jour où il entendit, par hasard, vanter la bonté d'un riche marchand lombard, du nom de Mathéï. Orsini, qui lui-même était né dans un village de la Lombardie, alla trouver son opulent compatriote et lui raconta une odyssée très-intéressante et toute saturée de chagrins, de revers et de malheurs comme il en pleut souvent sur les honnêtes gens. Bref, il sut si bien attendrir le compatissant marchand que celui-ci lui ouvrit sa bourse et pourvut même, par les charitables mains de sa femme et de sa fille Flora, aux besoins du ménage de l'ancien reître. Mais ces secours, on le comprend, ne pouvaient suffire à préparer l'aisance, la richesse relative que rêvait Orsini ; aussi, tout en se montrant plein de gratitude et de dévouement pour le généreux marchand, il cherchait activement une autre mine à exploiter.

Nous saurons bientôt s'il l'avait rencontrée...

Contentons-nous de dire ici qu'Orsini offrait le plus singulier mélange de l'honnête homme et du coquin, et que la reconnaissance dont il payait sincèrement les bienfaits de Nicolas Matheï lui avait inspiré pour la belle Flora un dévouement sans bornes et qui ne peut avoir de comparable que la fidélité et la soumission du chien pour son maître...

. . . .

Les leçons d'armes que le vieux reître italien donnait au seigneur Florestan furent quotidiennement suivies pendant une année au moins, et telles étaient la science consommée du professeur et l'intelligence, l'avidité de savoir de l'élève, qu'au bout de ce temps celui-ci avait acquis un jeu vraiment redoutable dans le cas où il lui eût été donné de rencontrer une poitrine humaine à la pointe de son épée nue et acérée.

. . . .

Les combinaisons les plus laborieuses de l'esprit humain échouent, le plus souvent, devant l'évènement le plus logique, le plus naturel — parce que cet évènement n'est pas prévu; c'est une imperceptible étincelle qui allume un formidable incendie; c'est la dent presque microscopique du rat qui fait sombrer le vaisseau ; c'est enfin la goutte d'eau qui fait déborder le vase. De même aussi le hasard, selon les uns, la Providence selon les autres, vient, au moment où l'on y pense le moins, aider puissamment, par des faits ou des incidents d'une miraculeuse simplicité, l'homme le plus prévenu contre la réalisation de ses désirs les plus ardents, ou le surprendre par un brusque dénouement qu'il s'est longtemps ingénié à préparer sans l'espérer jamais.

. . . .

C'était une splendide soirée de printemps et l'heure du couvre-feu. La lune, se dégageant d'un gros nuage blanc qui faisait tache dans le bleu profond d'un ciel magnifiquement étoilé, projetait sa lumière sur le panorama pittoresque qui s'étendait, à droite de la Seine, du pont des Tournelles jusqu'au Louvre et même au-delà des terrains vagues et parsemés de misérables huttes que l'on nommait déjà les Tuileries et qui devaient, plus tard, voir s'élever orgueilleusement la plus somptueuse des habitations royales. Du côté gauche du fleuve, se voyaient l'Ile-aux-Vaches avec ses vieux saules; les berges abruptes et bordées, à courte distance, par des vignes aux longs rameaux encore dépouillés de verdure ; les hautes murailles et la tour altière, sombre, silencieuse, de l'Hôtel de Nesle, les grands arbres du grand Pré-aux-Clercs, si souvent témoin des conflits sanglants engagés presque chaque jour entre gentilshommes querelleurs, écoliers en goguette et soudards ou manants avinés.

Tout cela se détachait nettement et à angles vifs, avec de gigantesques ombres.

Le seigneur Florestan venait de quitter

son rude professeur d'escrime et cheminait lentement, le front penché — comme un songeur gravement recueilli ou comme un poète en quête de rimes — dans les rues étroites et par cela même enveloppées d'ombre qui séparaient la rue de la Parcheminerie du pont des Tournelles...

Le seigneur Florestan s'arrêta un instant devant la maison de Nicolas Matheï. Déjà il levait la main comme pour prendre le heurtoir lorsque ses regards, charmés par les millions d'étoiles qui scintillaient dans l'infini, se promenèrent autour de lui et lui permirent d'apprécier enfin la beauté de la soirée...

— Une demi-heure de promenade, se dit-il, me reposera du long assaut que je viens de soutenir à ma grande satisfaction... Mon père ne m'attendra pas longtemps et... la nuit est si calme et belle !

Il reprit sa marche, et, prenant le pont

des Tournelles, il traversa la Seine. Il allait revenir sur ses pas, lorsqu'il crut voir, non loin de lui, un petit groupe d'hommes s'agitant comme dans les mouvements précipités d'une lutte. Il vit même briller, dans des paraboles étincelantes, le fer de plusieurs rapières... Du reste, pas un mot, pas un cri ne sortait de ce groupe...

Prompte comme l'éclair, sa pensée lui fit pressentir la possibilité d'être utile, et, y obéissant spontanément, sans réflexion, il dégaîna et s'élança, l'épée haute, vers ceux qui lui paraissaient combattre avec un grand acharnement.

Il ne s'était pas trompé : trois hommes en chargeaient vigoureusement un quatrième qui, tout en rompant, leur faisait face sans appeler à l'aide et avec une admirable habileté...

— Eh ! quoi, fit le seigneur Florestan trois contre un ! Ce n'est pas de la bravoure, cela, c'est de la lâcheté!... A la rescousse, mes maîtres! nous voici deux!

Et joignant aussitôt l'action à ces généreuses paroles, il se rua sur les trois assaillants, les obligeant ainsi à se diviser. Ceux-ci, furieux sans doute d'être dérangés dans une entreprise qu'ils jugeaient facile, voulurent abandonner leur premier adversaire et attaquer ensemble le seigneur Florestan ; mais l'assailli ne leur en laissa pas le loisir...

— Bien, mon jeune coq! dit alors ce dernier. Besognez comme moi et ils sont à nous ! Ce ne sont point larrons de souche grossière, car ils ferraillent comme muguets de prince et il nous faut leur faire honneur par vaillants coups d'estoc?..

Le seigneur Florestan ne répondit pas, mais il fit un bond de côté et se fendit à fond sur l'un des agresseurs qui tomba la poitrine percée à jour, tandis que l'homme qu'il venait de secourir couchait, à son tour, tout de son long l'un des deux autres.

Celui qui restait tira au large de toute la vitesse de ses jambes et comme s'il s'apercevait que ses compagnons et lui s'étaient attaqués au diable en personne...

L'homme que le seigneur Florestan était venu dégager si à propos voulut lui tendre la main pour le remercier, mais il n'eût que le temps de le retenir dans ses bras. Le jeune homme chancelait, fermant les yeux et laissant tomber son épée.

Il était évanoui !

Le seigneur Florestan n'avait bondi, en tuant l'un des assaillants, que parce qu'il avait senti pénétrer dans son bras gauche le fer du fuyard.

Celui qu'il venait probablement de sauver ramassa l'arme tombée, le prit lui-même dans ses bras ainsi qu'il eût fait d'un enfant, et le porta d'un pas rapide jusqu'à l'hôtellerie du *Pigeon Blanc*.

Là, il le transporta dans la chambre qu'il y occupait, défendit aux gens de l'hôtellerie d'approcher sans en être requis, et, le couchant avec d'infinies précautions sur son propre lit, il se mit incontinent en devoir d'examiner sa blessure...

Mais quelle ne fut pas sa stupéfaction en ouvrant le pourpoint et la chemise du seigneur Florestan !...

Son sauveur était une femme !

CHAPITRE III

Ce qu'était l'homme secouru par le seigneur Florestan; ce qu'était le seigneur Florestan lui-même, et comme quoi, de leur fortuite rencontre, résultèrent une confiance mutuelle et le point de départ d'évènements considérables.

La blessure du seigneur Florestan n'était pas dangereuse; le fer de l'épée avait passé entre les biceps du bras gauche en déchirant simplement les chairs et avait occasionné une perte de sang qui avait seule déterminé la syncope...

Son compagnon avait mis le bras à nu et il se disposait à bander la blessure, après l'avoir abondamment lavée au moyen d'une mixture blanchâtre qu'il avait extraite d'un flacon faisant partie d'une sorte de pharmacie portative contenue dans une petite boîte en chêne artistement travaillée; mais la fraîcheur et peut-être la propriété légèrement caustique du liquide eurent pour effet immédiat de rappeler à lui le blessé...

Il ouvrit les yeux, et se voyant une partie de la poitrine, l'épaule et le bras gauche entièrement nus, il se dressa vivement, avec un geste plein de pudeur effarouchée, et, rougissant comme Diane surprise par Actéon....

— Où suis-je, fit-il, et qui êtes-vous ?

— Je suis un homme qui vous doit certainement la vie, et je serai désormais, pour vous, l'ami le plus dévoué... Vous êtes blessée... une égratignure... Laissez-moi vous soigner docilement, avec la plus entière confiance, et, dans quelques jours, il n'y paraîtra plus...

— Mais vous savez que... je ne suis pas ce que je parais être ?

— Je ne sais qu'une chose : c'est que vous venez de me rendre un immense service que je n'oublierai de ma vie !

En quelques minutes, le seigneur Florestan fut si bien pansé qu'il se trouva aussi fort qu'avant d'avoir reçu son coup d'épée; aussi, aidé par celui qui lui donnait si intelligemment ses soins, s'empressa-t-il de réparer le désordre de sa toilette et de se lever...

Mais alors, à la grande surprise de son nouvel ami, à la vue de cette chambre où il se trouvait, une agitation, une émotion extraordinaires parurent se manifester en lui...

—Cette chambre, s'écria-t-il tout-à-coup, je la reconnais... Nous sommes dans l'hôtellerie du *Pigeon Blanc* ?

— Oui...

— Ah ! c'est cela... Ce lit, c'est celui

sur lequel je l'ai vu, pâle, déjà défiguré par la mort !... Oh ! messire, dites-moi qui vous êtes et je vous confierai mon secret... Il faut bien que vous sachiez pourquoi je suis sous ces habits et pourquoi je me sers de l'épée... Je veux vous prouver enfin, par une loyale révélation, que j'ai droit à la considération et au respect dûs à mon sexe quand il n'a rien fait pour en être dépouillé...

— Avant de recevoir votre confidence, damoiselle, je dois, moi, vous dire qui je suis... Plus tard, peut-être, je vous apprendrai ce que j'ai été et ce que je veux être... Voulez-vous m'entendre ?

— Parlez, messire.

— Quelques mots, pour le moment, me suffiront... Je me nomme Buridan et j'étais, à dix-huit ans, l'un des pages de la cour de Robert II, duc de Bourgogne... Après la mort du duc, la trahison d'une femme que j'aimais avec idolâtrie... ou seulement de puissantes considérations sociales, qui la poussèrent dans les bras d'un époux, me décidèrent à m'exiler... Je mis mon épée au service de plusieurs princes étrangers qui tous m'honorèrent de leur amitié et me récompensèrent selon leur pouvoir... Aujourd'hui je suis chevalier et mon escarcelle est assez garnie pour que je la mette à la disposition de ceux que j'aime ou qui me paraissent dignes de mon interêt... Je n'ai pas besoin de vous dire qu'elle est à vous, damoiselle, si vous en avez besoin, tout aussi bien que mon bras et ma volonté !...

— Messire Buridan, je vous remercie, mais mon père est riche, et quand vous m'aurez entendue, vous seul jugerez si je puis compter, oui ou non, sur votre volonté, et, le cas échéant, sur votre bras.

— Parlez donc, à votre tour, damoiselle; je vous écoute religieusement.

— Je me nomme Flora Matheï et j'ai vingt ans. Mon père est bourgeois de Paris, quoique originaire de Lombardie — d'où il est venu en France pour y exercer la profession de marchand. Il y a une année environ j'étais fiancée au seigneur Henri d'Audigny — plus noble encore de cœur que de nom ; — j'allais lui donner ma main comme déjà je lui avais donné ma foi, lorsque, le matin même du jour où le prêtre allait bénir notre union, son corps fut retiré de la Seine, portant à la poitrine la trouée béante d'un coup, de dague...

— De la Seine ?

— Oui, messire !...

— Au-dessus de la Tour de Nesle, ou dessous ?

— Au dessous...

— Lui aussi !...

— Comment, messire, lui aussi ! Que voulez-vous dire ?

— Rien... encore, mon enfant. Achevez.

— Mon père, se promenant, ce matin-là, du côté du petit Pré-aux-Clers, assista aux affreux détails de cette scène et reconnut... celui qu'il eût été si heureux d'appeler son fils... Il le fit transporter ici, dans cette chambre qui, la veille encore, était la sienne, et c'est ici que peu d'heures après je vins, moi, lui dire adieu !... C'est ici, dans cette chambre, que, la main étendue sur le front glacé du seigneur d'Audigny, mon époux, je fis le solennel serment de venger sa mort !.. Dans une circonstance aussi terrible, une femme, d'ordinaire, ne peut pas beaucoup : il faut la virile énergie, la puissante audace, le bras fort d'un homme... En présence du cadavre livide de mon bien-aime, je résolus d'avoir tout cela, et, pour parvenir plus sûrement aux fins que je me proposai instantanément, j'allai trouver un vieux reître italien — qui avait de grandes obligations à mon père et qui, dans mon enfance, m'avait donné des leçons d'armes et de natation jugées alors indispensables à la consolidation de ma santé et au développement de mon organisation physique. J'exigeai de lui que nous reprendrions les leçons d'escrime de mon jeune âge et... vous avez pu voir aujourd'hui, messire, si je suis une bonne élève...

— Je m'y connais et je puis vous certifier que vous êtes un joûteur émérite.

— Je crois mon éducation à peu près achevée et il ne me manque plus que de connaître l'assassin de mon époux... A cet égard, j'ai déjà le moins maladroitement possible interrogé le vieil Orsini...

— Hein !... vous dites Orsini...

— Oui... c'est le nom de mon professeur d'escrime...

— Eh bien ?

— Il ne voit personne, m'a-t-il dit... Il a entendu vaguement parler de jeunes gentilshommes, d'écoliers retirés de la Seine comme l'a été mon pauvre ami, mais il n'en sait pas davantage...

— Flora... Laissez-moi vous parler comme si vous étiez ma fille... Flora, il faut que vous me fassiez connaître la demeure de cet Orsini.

— Pourquoi, seigneur Buridan ?

— Parce que je veux absolument le voir... Et, en échange de ce service, je m'engage à venger le seigneur d'Audigny... Qui sait si ce n'est pas Dieu qui vous a envoyée, ce soir, à mon secours ?... Grâce à moi, Flora Matheï, vous touchez peut-être de fort près au but que vous poursuivez !...

— Quand voulez-vous voir Orsini ?

— Vous sentez-vous assez forte pour m'accompagner chez lui à l'instant?

— Oui, messire... Je n'éprouve qu'un engourdissement très-supportable dans l'épaule...

— Alors, partons.

Les deux nouveaux amis, malgré l'heure avancée, quittèrent l'hôtellerie et prirent à grands pas le chemin de la rue de la Parcheminerie. Ils ne rencontrèrent que les *cloqueteux* (crieurs de nuit) et quelques rôdeurs que le clair de lune rendait prudents Ils arrivèrent bientôt dans cette cour infecte où se trouvait la demeure de l'honnête Orsini et frappèrent à sa porte. Ils durent attendre assez longtemps que l'on vînt leur ouvrir, mais ils furent très-désappointés quand la femme du reître — à peine vêtue et toute endormie encore — leur apprit que son mari n'était point au logis... une affaire pressée, ajouta-t-elle en soupirant, l'ayant appelé dehors après le couvre-feu.

— Quel peut être le motif qui fasse ainsi sortir maître Orsini pendant la nuit ?

Si Florestan ou Flora — comme voudra le lecteur — eût pu voir le visage du seigneur Buridan quand il se posait à haute voix cette question, il eût certainement remarqué le pli soucieux qui assombrissait son front.

Ils arrivèrent tous deux à la porte de Nicolas Matheï...

— Bonne nuit damoiselle, dit Buridan. Demain, j'irai seul chez Orsini, puisque je connais sa demeure, et je viendrai prendre de vos nouvelles.

— A demain donc, messire, et ne m'oubliez pas : j'ai foi en vous !

— Avec l'aide de Dieu, Flora, je vous prouveràì que je suis votre ami et que je tiens les promesses que je fais !

Et se prenant cordialement la main, ils se séparèrent, elle, pour aller embrasser et rassurer son père qui l'attendait, en proie à la plus vive inquiétude; lui pour regagner l'hôtellerie du *Pigeon Blanc* et se jeter sur son lit où malgré la fatigue qui l'accablait, il ne dormit guère... et pour cause.

. . . .

Ce fut en vain que Flora attendit, le lendemain, la visite du seigneur Buridan. Trois jours se passèrent même dans cette attente et la vierge-veuve en arrivait à douter de son nouvel ami lorsque lui parvint enfin une tablette portant ces mots :

« Un monde d'évènements se presse autour de moi... Je ne puis aller chez vous, » seigneur Florestan; mais je vous invite » formellement à venir ce soir, avant la » tombée de la nuit, à l'hôtellerie du *Pigeon Blanc* où vous vous trouverez, je l'espère, bien près de l'objet et du but de votre » légitime vengeance.

» A vous de cœur et d'épée,

» BURIDAN.»

La blessure de la jeune fille marchait vers la guérison avec une prodigieuse rapidité — cela tenait évidemment au liquide employé par Buridan — et rien au monde, pas même les supplications de son père, qui s'efforçait chaque jour de la détourner de la voie — sacrée pour elle, trop périlleuse pour lui — dans laquelle elle s'était engagée avec toute la fougue de son ardente nature — rien au monde n'eût pu l'empêcher d'accepter le rendez-vous qui lui était assigné, puisque de ce rendez-vous allait peut-être dépendre le dénouement de l'œuvre qu'elle poursuivait depuis plus d'un an !

. . . .

Disons ici, une fois pour toutes, que depuis le jour où elle avait fait le serment que nous connaissons, Flora Matheï ne revêtait les habits de son sexe que lorsqu'elle n'avait point à sortir; mais dès qu'elle passait le seuil de la lourde porte bardée de fer, elle devenait le fringant et alerte seigneur Flores tan, portant épée et dague et faisant résonner gaillardement sur le sol rocailleux des rues ses talons éperonnés.

. . . .

Bien avant le moment fixé par la tablette qu'il avait reçue, le jeune cavalier frappait à la porte de Buridan. Celui-ci s'empressa de lui ouvrir et de lui tendre les deux mains avec le geste de la plus chaleureuse cordialité.

— Vous me pardonnerez, mon jeune ami, lui dit-il, de ne vous avoir pas vu encore, quand vous saurez que j'ai été énormément occupé et non moins énormément préoccupé depuis trois jours.

— Messire, vous m'avez écrit de venir vers vous : tout est bien.

— J'ai vu Orsini... J'attends ici même, dans quelques instants, une personne que j'ai grande hâte de voir et d'entendre, et j'ai fait construire ce coffre... dans lequel vous serez fort à l'aise... Toussez-vous ?

Le seigneur Florestan regarda son interlocuteur comme pour s'assurer qu'il avait son bon sens.

— Je parle très-sérieusement, mon jeune ami ; Toussez-vous ?

— En vérité, messire... je ne sais trop ce que je dois penser de votre étrange question... Eh ! bien, non, je ne tousse pas.

— C'est à merveille, alors... Je vais me mettre à la fenêtre, qui donne, vous le voyez, sur les Innocents, et dès que j'apercevrai la... personne que j'attends... vous vous introduirez dans ce coffre... Oh ! rassurez-vous : il est assez long et assez large pour que vous y preniez la position la moins incommode pour vous, et de plus, il y a, du côté faisant face au mur, une ouverture suffisante pour que l'air ne vous manque pas... Par exemple, mon cher Florestan, une foi que vous serez dans ce coffre et que nous serons trois dans ma chambre, vous serez condamné à l'immobilité la plus complète, au silence le plus absolu...

— Saurai-je enfin pourquoi ?...

— Pensez au seigneur d'Audigny et, surtout, pénétrez-vous bien de cette vérité que votre vengeance est au prix de ce que j'exige de vous... Qnoique vous entendiez, quoiqu'il puisse se passer ici, entre la... personne attendue et moi, gardez-vous d'un mouvement, d'un soupir même ! Si vous ne vous sentez pas assez forte pour subir cette épreuve, ce supplice de courte durée, dites-le...

Il y avait tant de gravité dans l'accent de messire Buridan; il y avait tant de franche loyauté dans son regard, que le jeune Florestan n'eût plus la moindre hésitation.

— Je ferai tout ce que voulez, dit-il simplement.

— —

— Dans ce cas donc, ouvrez le coffre et préparez-vous... moi je guette.

Et Buridan ouvrit la fenêtre de la chambre et s'y accouda comme un curieux, tandis que Florestan, ouvrant le coffre, s'assit au fond de cette singulière cachette pour qu'il n'eût plus qu'à s'y étendre, soutenant le couvercle d'une main pour n'avoir qu'à le laisser retomber sur lui au moment voulu...

— J'aurais pu certes, dit alors Buridan de la fenêtre, me contenter de vous narrer ce qui va se passer; mais quand vous en aurez éte le témoin... auriculaire, vous apprécierez le degré de confiance que vous m'inspirez, le souvenir que je veux garder toujours du service que vous m'avez rendu et vous aurez en moi, j'en suis sûr, une foi inébranlable... Nous serons indissolublement liés l'un à l'autre, vous, Florestan, par le besoin que vous aurez de moi pour atteindre votre but; moi par les secrets terribles qui vont vous être confiés, qui pèsent d'un poids immense sur mon passé et qui doivent préparer l'avenir que je veux me faire... Quand nous ne serons plus, ici, que vous et moi, vous me jugerez et vous me repousserez ou vous me tendrez la main !

Florestan allait répondre, mais il n'en eût pas le temps...

—Couchez-vous, fit vivement Buridan, c'est la meilleure position, et tournez la tête vers l'ouverture pour pouvoir mieux entendre et respirer... Pensez à celui que vous voulez venger !...

Cette dernière recommandation était superflue. Sauf un battement de cœur fort excusable en un pareil moment, le seigneur Florestan était calme et résolu.

, ...

Au bout de quelques minutes, Buridan, qui s'était empressé de refermer sa fenêtre, entendit un grattement discret à la porte de la chambre. Il alla ouvrir sans précipitation

— pour ne point laisser deviner la tempête d'impatience et d'anxiété qui venait de l'envahir — et une femme entra, couverte d'un voile épais enveloppant tout entier son buste.

Buridan avança un escabeau sur lequel se laissa tomber cette femme et il attendit, debout, mais le front haut, qu'elle parlât la première.

. . . .

Tout à coup, cette femme se leva brusquement, prit le bras de Buridan et le conduisît à la fenêtre, exposant son visage en pleine lumière...

— C'est bien toi !.. Mais comme tu es changé !...

— La souffrance et les années ont creusé sur mon visage de profonds sillons, n'est-ce pas, Madame?... Elles ont blanchi mes tempes découvert mon front, terni mon regard; mais elles n'ont rien pu sur mon caractère et sur mon cœur : ce caractère a conservé l'indomptable énergie et la force de volonté que vous m'avez connues au temps mille fois béni où vous étiez toute à moi; ce cœur, Madame, n'a jamais palpité que pour une seule idole !...

— Il y a seize ans, mon Jehan... Ah ! ces souvenirs sont douce chose... Vous êtes beau encore... Je crois que je n'ai point cessé de t'aimer ! Me voici, me rendant docilement à ton appel... Que veux-tu de moi ?

— Vous revoir sans voile...

— Est-ce tout ?

— Et vous entretenir de vous-même, Marguerite... puis, de moi, car je suis ambitieux...

— Regarde et parle, Jehan, je n'ai rien à te refuser...

Et la mystérieuse visiteuse que Buridan appelait Marguerite en levant son voile, se montra dans tout l'éclat d'une beauté radieuse et provocante.

Buridan, ébloui, fasciné, tomba à genoux.

— Que vous êtes royalement belle, Marguerite, et qu'ils sont heureux ceux qui peuvent, chaque jour et à toute heure, s'enivrer de votre vue !.. Asseyez-vous et daignez m'écouter... En vous voyant, ma résolution se fortifie... Vous l'avez dit tout à l'heure : il y a seize ans que nous ne nous sommes vus... Voulez-vous savoir quelle a été ma vie depuis lors ?

— Oui; parlez, Buridan...

— Vous vous en souvenez, vous étiez si adorablement séduisante, vous étiez si aimante et si aimée que mon amour pour vous m'a fait commettre un crime...

— C'est moi-même qui vous l'ai demandé, Buridan, passez...

— Nous étions imprudents, Marguerite... Votre père ne pouvait, en les apprenant, fermer les yeux sur nos relations... La preuve de cette vérité, d'ailleurs, c'est que mon crime vous faisant libre, c'est-à-dire vous affranchissant de l'autorité paternelle, vous n'avez pu échapper aux exigences de votre position. Vous avez armé mon bras pour pouvoir, croyiez-vous, m'aimer et m'appartenir sans contrainte, et la froide raison d'Etat vous a jetée dans la couche d'un époux que vous ne connaissiez pas, que vous ne pouviez aimer !.., Moi, j'ai fui pour ne point devenir fou de douleur... J'ai parcouru l'Italie, l'Angleterre, presque toute l'Europe, vendant mon épée au plus offrant et m'abreuvant d'expérience et de science à la fois... car le remords me poursuivait impitoyablement, et je ne trouvais que dans l'étude et sur les champs de bataille l'adoucissement sans lequel j'aurais infailliblement succombé... Ah ! Marguerite, les étreintes du remords sont terribles et je ne saurais vous dire combien de fois, dans mes nuits sans sommeil, le spectre du duc, votre père, m'est apparu, mon poignard planté dans la poitrine, sanglant, livide et le geste foudroyant comme une malédiction !

— Vous m'avez parlé tout à l'heure, messire Jehan, de votre énergie et de votre vovolonté... M'est avis qu'elles se sont quelquefois envolées puisque vous avez subi de semblables défaillances !

— Ne raillez pas, Madame... Je ne puis vous dire combien de fois, dans ces nuits fiévreuses, je vous ai vue me guidant, dans les longs corridors du château, jusqu'à la chambre du duc dont vous ouvriez silencieusement la porte et, me montrant votre père endormi, vous me disiez. « Il ne veut » pas que nous nous aimions; il va te châ- » tier ou te chasser... Buridan, si tu m'ai- » mes, si tu désires me posséder encore, » toujours, si tu veux que notre vie ne soit

» qu'une longue caresse, qu'un enivrement » sans fin, il faut le frapper ! » Et moi, fou d'amour et d'ardents désirs, me sentant mourir à la seule pensée de perdre à jamais les délices dont vous m'aviez déjà comblé, je levai le bras que vous veniez d'armer vous-même de ma propre dague !...

— M'avez-vous donc appelée, messire, pour entendre raconter un passé que je connais comme vous ?

— Non, Madame; mais pour vous faire connaître, avec tous les tourments que je dois à ce passé, les résolutions salutaires que le malheur m'a heureusement fait prendre... car c'est un malheur, un affreux malheur que de perdre la femme aimée et de se sentir déchiré par le remords !...

— Voyons ces résolutions, messire Jehan; mais, en vérité, je commence à croire que vous me ferez regretter d'être venue.

— Et moi, Madame, j'espère que non...Je

me suis consacré au bien, autant qu'il est donné à l'homme de le faire ou de l'inspirer... Mon épée n'a jamais servi que des causes justes et j'ai puisé, dans l'étude de la science, dans l'enseignement d'une philosophie humanitaire, les plus précieuses consolations... Voilà, Marguerite, où le remords m'a conduit... Qu'a-t-il fait de vous ?

— Le remords, Jehan ?

— Oui.

— Je ne le connais pas... Les nuits de l'été n'ont jamais perdu pour moi leur profonde sérénité; les splendeurs de la puissance que j'exerce, sans me faire oublier notre amour d'autrefois, ne m'ont jamais donné le fastidieux loisir de gémir sur un passé qui vous a, paraît-il, rendu si malheureux, et la vie humaine a trop peu de durée pour que je ne cherche pas à me la faire aussi douce qu'il m'est possible.

— Et vous n'avez jamais songé, dans le

tourbillon des plaisirs, dans l'orgueil du pouvoir, à tout ce que vous pourriez faire en faveur de ceux qui souffrent ? Vous n'avez jamais arrêté votre regard sur ce pauvre peuple de France, pressuré par l'avidité insatiable de votre contrôleur général des finances, opprimé comme un troupeau d'esclaves par une politique toute personnelle ?.. Où sont les franchises sagement concédées ? Est-ce que la marche de l'humanité dans la voie des siècles ne doit pas se traduire par le progrès sous les formes les plus diverses et en harmonie avec les besoins des nations ? Est-ce que le pouvoir absolu n'a pas pour devoir étroit d'entraîner au lieu d'enrayer ? Ah ! Marguerite, savez-vous où vous allez ?

— Vous qui êtes devenu si savamment austère, dites-le moi...

— Vous courez à votre perte en fomentant les émeutes qui conduisent aux révoltes...

— Vous êtes sévère...

— Je ne flatte pas, voilà tout. Je n'ai point cessé de vous aimer, et je voudrais, en vous éclairant, vous faire voir l'abîme vers lequel vous marchez avec tant d'aveuglement... Vous êtes toujours admirablement belle, vous êtes toujours séduisante... je le sens bien aux battements précipités de mon cœur, mais je vous le dis dans toute la sincérité de mon dévouement à votre personne, vous faites de votre beauté et de vos séductions un usage qui vous sera fatal...

— Que voulez-vous dire, Buridan ?

— Je sais tout, Marguerite...

— Que savez-vous donc, farouche ami ?

— Je sais que chaque jour la Seine charrie des cadavres...

— Prenez garde, messire !

— Je sais que la Tour de Nesle est à la fois un lieu de délices honteuses et une officine d'assassinats !

— Tu sais trop de choses, démon !

— Je sais surtout qu'un jeune homme, fiancé à une jeune fille qui est peut-être encore plus belle que vous, Marguerite, a été victime d'un lâche guet-à-pens... Après avoir refusé le mortel rendez-vous que vous lui aviez donné par l'entremise de l'un des misérables que vous ne rougissez pas d'employer, cet infortuné, que la loyauté de son amour aurait dû vous faire épargner, a été, par vos ordres, arrêté, garotté, bâillonné et conduit dans cette Tour de Nesle — dont vous avez fait un lupanar — et après l'avoir étourdi, fasciné, vous l'avez livré sans pitié au poignard de vos mercenaires bandits qui ont enseveli son corps dans les flots de la Seine !...

— Quelle est cette histoire ?

— Cette histoire est votre œuvre... Il y a un an que le seigneur Henri d'Audigny a été l'un des premiers anneaux de cette longue chaîne de meurtres qui épouvante aujourd'hui la population parisienne, et je vais vous dire le nom de sa fiancée pour que ce nom vous fasse réfléchir, Marguerite, sur les dangers dont vous semez vous-même votre route...

— Comment sais-tu tout cela ? Quel est le misérable qui m'a trahie ?

— La fiancée d'Henri d'Audigny se nomme Flora Matheï.

— Qu'est-elle ? Où est-elle ?

— Flora n'est plus une jeune fille... elle est une héroïne !

— Voyons, Buridan, qu'avez-vous à me demander ?... Il est impossible que vous m'ayez appelée près de vous pour me faire un cours de morale à l'usage des esprits faibles et pusillanimes... Que me voulez-vous ?

Et cette femme, que Buridan appelait

Marguerite — s'efforçait de paraître calme et souriante, tandis qu'une pâleur livide marbrait son visage, que son regard étincelait et que ses doigts crispés par la colère tourmentaient le voile qui l'enveloppait en entrant.

Quant à Buridan, il se transfigurait : tout-à-l'heure, il avait la voix douce et l'humble geste de l'homme qui prie; maintenant son accent est bref, incisif, presque hautain; il a la conscience du devoir à accomplir et il sent qu'il domine la situation qu'il a volontairement préparée...

— Vous avez raison, dit-il, j'ai à vous demander beaucoup, mais, auparavant, je voudrais obtenir de vous la promesse formelle, solennelle que vous renoncerez à l'existence frivole et... honteuse que vous vous êtes faite ! Que pour effacer tout le sang dont vous vous êtes souillée, vous vous efforcerez désormais d'être bonne, généreuse, pudique, grande enfin, ainsi qu'il convient à une... femme de votre rang !... De nouveaux devoirs, d'ailleurs, vous sont imposés, Marguerite... Dieu n'a pas voulu que la voix du repentir vous fût inexorablement fermée...

— Que voulez-vous dire ?

— Votre âme est énergiquement trempée; vous pouvez tout entendre, n'est-ce pas ?

— Parlez, Buridan... Vous voyez que je suis très-calme et... après tout ce que vous avez osé me dire déjà...

— Votre fils a seize ans...

— Mon fils !... Vous êtes fou ! Vous savez bien ce que nous en avons fait...

— Je sais qu'il vit : je l'ai vu !

— Voyons, Jehan, vous voulez m'éprouver...

— Nullement, Marguerite... Je vous dis que je l'ai vu... Lorsqu'il vînt au monde, je vous promis qu'il ne vivrait pas; mais je n'eus point le triste courage de tenir cette promesse que votre désespoir m'arracha. Je le confiai à un homme qui m'était tout dévoué et qui me jura de l'élever.

— Où est cet homme ? Où est l'enfant ?

— Si vous le voulez, Marguerite, nous nous rencontrerons, demain, dans la rue de la Parcheminerie, et je vous conduirai auprès de votre fils... que j'ai reconnu à une croix rouge, surmontée d'un M, qu'il porte tatoué sur le bras gauche... Cette marque est celle qui lui a été faite, en ma présence, par l'homme dont je viens de vous parler.

— Demain, Buridan, je vous attendrai dans la rue de la Parcheminerie, vers trois heures de relevée...

— Cet enfant, Marguerite, vous lie à moi, ne l'oubliez pas, comme il me lie à vous !

— C'est vrai !... Et pour vous, Jehan, qu'avez-vous à demander ?

— Je voudrais mes entrées au Louvre...

— Vous les aurez.

— Je voudrais succéder... très-prochainement à messire Enguerrand de Marigny dans la charge de contrôleur général des finances..

— Ceci est plus difficile.

— Cette haute position ne satisfera pas seulement, croyez-le, Marguerite, l'ambition que je vous ai avouée... Je la désire, surtout, pour vous mettre à même de réparer le mal que la politique royale a fait à la France, et pour vous fournir les moyens d'accomplir les grandes choses sans lesquelles les gouvernements n'ont droit ni à l'estime des gouvernés, ni à l'admiration du monde, ni au respect de la postérité... J'ai sur cette incontestable vérité, des théories inébranlables, que je suis avide de mettre en pratique. Il me paraît si facile d'être utile et de faire le bien quand on est au pouvoir !

— Votre éloquence me décide, Buridan... Messire le contrôleur général, à demain, rue de la Parcheminerie...

Et l'étrange visiteuse, ramenant sur son visage les longs plis de son voile, tendit à Buridan une main que celui-ci couvrit de baisers, puis elle sortit de la chambre et quitta l'hôtellerie du *Pigeon Blanc.*

Le seigneur Buridan, de sa fenêtre, la suivit un instant des yeux pendant qu'elle traversait les Innocents, et s'empressa, dès qu'elle eut disparu, d'aller soulever le couvercle du coffre dans lequel était le jeune Florestan...

Celui-ci se leva aussitôt et sortit d'un bond de sa cachette. Il était affreusement pâle, et ses sourcils froncés, ses lèvres serrées disaient quelle émotion l'agitait.

— Quelle est cette femme ? demanda-t-il d'une voix brève.

— Mon jeune ami, répondit Buridan, n'oubliez jamais que cette femme est de celles auxquelles on ne touche pas sans commettre le plus grand des crimes...

— Pourquoi donc l'impunité pour elle tandis que la douleur et le désespoir sont pour moi ?... Messire Buridan, je veux savoir son nom et ce qu'elle est...

— Cette femme a nom Marguerite de Bourgogne et elle est l'épouse du roi de Navarre !

. . . .

Le lendemain, à trois heures de relevée, la femme voilée et le seigneur Buridan se rencontrèrent, en effet, dans la rue de la Parcheminerie; mais quand ils se présentèrent à la porte du logis d'Orsini, ils trouvèrent cette porte fermée et des voisins leur apprirent que depuis le matin de ce même jour l'ancien reître et sa famille étaient partis pour ne plus revenir et sans faire connaître leur nouvelle demeure.

. . . .

Buridan et la Reine se séparèrent donc, lui, furieux contre Orsini, dont le départ déjouait, au moins pour le moment, toutes les espérances qu'il avait conçues; elle, intimement convaincue que Buridan la trompait en lui faisant croire à l'existence de cet enfant dont elle avait autrefois ordonné la mort.

Et tandis que son ancien amant réfléchissait au moyen de retrouver Luigi, Marguerite de Bourgogne prenait la résolution de se venger d'un homme dont la seule présence était un obstacle à ses débordements.

CHAPITRE IV

COMMENT LA FEMME, EN CERTAINS CAS, SAIT PROFITER DES LEÇONS QUE LUI DONNA LE SERPENT DE L'EDEN, ET COMMENT UNE CONSCIENCE TROUBLÉE N'A PAS PLUS, DANS UNE CIRCONSTANCE DONNÉE, LE COURAGE DE FAIRE LE MAL QUE CELUI DE FAIRE LE BIEN.

Notre intention n'est point d'insister sur les ignobles détails qui ont donné à la Tour de l'hôtel de Nesle une odieuse célébrité. L'histoire, le roman et le théâtre ont tour à tour flagellé les désordres et les cri-crimes qui ont souillé durant si longtemps cette demeure opulente des fastueux seigneurs qui l'ont possédée depuis Philippe-Auguste jusqu'à Louis XV. Près de cinq siècles de déportements, d'adultères, d'incestes et de meurtres ont suffisamment mis en lumière les hontes dont se couvrirent, dans cette longue période, les plus hauts personnages de la cour de France, et nous ne pouvons que nous réjouir d'appartenir à une époque où le pouvoir souverain, ou ce qui reste de l'ancienne noblesse se respectent assez, Dieu merci ! pour n'avoir pas à rougir des stigmates qui ont si justement flétri les fronts couronnés que les mœurs et les lois de leur temps semblaient placer au-dessus de l'humanité !... La plus hideuse débauche, les orgies les plus scanleuses faisaient impunément tache dans l'hermine de nos rois, et si quelques messalines illustres, comme Marguerite, Blanche et Jeanne de Bourgogne; si quelques créatures indignes, ceintes du bandeau royal, comme Isabeau de Bavière, ont été frappées d'anathême et ont expié leurs crimes soit par le mépris qu'elles inspiraient, soit par un châtiment corporel, c'est que, pour elles, la mesure de ces crimes était depuis longtemps comblée et que la conscience publique se révoltait enfin devant l'énormité de leurs forfaits !

. . . .

L'affreuse odyssée des princesses que nous venons de nommer est certainement connue de nos lecteurs; nous ne leur apprendrons donc rien en disant ici que peu après son mariage avec Louis-le-Hutin, alors roi de Navarre, Marguerite de Bourgogne avait fait venir près d'elle, à Paris, ses deux cousines, Blanche et Jeanne; qu'elle leur fit épouser les deux autres fils du roi Philippe-le-Bel et qu'elle ne tarda pas à les corrompre et à leur faire partager les immondes plaisirs dont chaque nuit la Tour de Nesle était le témoin muet et impassible.

. . . .

Or, le lendemain du jour où la Reine Marguerite avait eu avec Buridan l'entrevue à laquelle nous avons assisté à l'hôtellerie du *Pigeon Blanc*, la Seine ne rejeta que deux cadavres... La reine était trop terriblement préoccupée pour présider cette nuit-là l'orgie habituelle... Elle employa cette nuit et le jour suivant à la recherche des moyens qui lui permettraient de se défaire de Buridan, même dans le cas où il lui ferait retrouver son fils. Ce fils était, d'ailleurs, un épouvantail qu'il lui faudrait également supprimer; car rien, absolument rien ne devait apporter d'entraves à l'irrésistible entraînement des passions qui la dominaient tout entière !

. . . .

Un historien a parfaitement dépeint l'indomptable nature de Marguerite de Bourgogne en disant d'elle « qu'elle eût payé d'un royaume une heure de plaisirs charnels ! »

. . . .

L'insuccès de la démarche que Buridan lui avait fait faire dans la rue de la Parcheminerie avait considérablement amoindri ses craintes et ses préoccupations; elle était rentrée au Louvre avec la persuasion que son fils n'existait pas et que Buridan ne s'était servi de ce *prétexte* que pour parvenir plus sûrement à satisfaire ses vues ambitieuses.

. . . .

Nous sommes au Louvre, dans la chambre à coucher de Madame la Reine...

La belle Marguerite n'est point levée, et pourtant, depuis de longues heures le jour entre à flots par les hautes fenêtres ogivales. Les rayons d'un soleil de printemps se jouent mystérieusement à travers d'épais rideaux de couleur sombre dont la teinte se reflète, avec mille caprices, sur les meubles, sur les tentures et jusque sur les courtines du lit élevé où la reine, demi-nue, est plutôt assise que couchée.

Près d'elle se tient, debout, un jeune seigneur au costume éclatant.

. . . .

Marguerite passa son bras autour du cou du jeune homme et, attirant la tête de celui-ci jusque sur sa poitrine découverte, elle joua un moment avec sa chevelure parfumée...

— Mon gentil Gauthier, lui dit-elle, tu m'as bien entendue : il ne faut pas que cet homme mette les pieds dans mes appartements; il les souillerait et me porterait malheur. Je te l'ai dit : c'était un ennemi acharné de mon père et, depuis la mort du duc, il est devenu le mien...

— Soyez rassurée, chère âme... Je suis capitaine des gardes et je vous aime follement... Cela me donne deux fois le droit de veiller sur votre personne adorée... Oh ! Marguerite, que vous êtes belle !

— Tu trouves, cher mignon ?

Et l'impudique tendit les lèvres à messire Gauthier d'Aulnoi, son capitaine des gardes et son favori...

. . . .

Pendant que cela avait lieu au Louvre, avant le lever officiel de la Reine de Navarre, une scène étrange se passait, à deux lieues de Paris, dans une maison située au bord de la Seine, en face de ce magnifique coteau que couronne, aujourd'hui, la résidence princière de Meudon.

C'était dans une petite chambre dont la fenêtre ouverte laissait voir le fleuve roulant paisiblement ses eaux bleues à travers les sinuosités capricieuses d'un délicieux paysage.

Deux jeunes gens faisaient des armes sous les yeux de ce vieux reître que nous connaissons déjà sous le nom d'Orsini.

— Allons ! disait l'un des ferrailleurs en baissant son arme, je vois avec plaisir que maître Luigi est aussi fort que moi...

— Oh ! damoiselle, répondit Luigi en ôtant son masque et ses gants, vous êtes modeste; vous m'avez touché six fois...

— Et moi je crois, mon cher Luigi, que vous m'avez trop ménagée... Qu'en pensez-vous, Orsini ?

— Je ne comprends rien à ce que je viens de voir, damoiselle... Luigi, je le sais, a un poignet au-dessus de son âge, il connaît toutes mes feintes, il a tout mon jeu, et, cependant, il m'a semblé, tout à l'heure, qu'il n'avait ni vigueur, ni sangfroid.

Luigi ne protesta pas : il baissait les yeux et rougissait.

Sur un signe de Flora — que le lecteur a reconnue en même temps que nous — Orsini quitta la chambre emportant avec lui les deux épées boutonnées et les accessoires de l'assaut.

— Attendez-moi, Luigi, je vais revenir.

Et Flora, sortant elle-même, laissa seul le jeune homme qui alla s'accouder tout pensif à la fenêtre restée ouverte — aspirant avec délices l'air embaumé des côteaux qui l'entouraient et promenant vaguement sur le panorama des regards qui ne le voyaient pas, troublés qu'ils semblaient être par une pensée ardente et fixe...

Au bout de quelques minutes, Flora rentra dans la chambre, vêtue de l'un des plus coquets négligés de son sexe — lequel négligé permettait d'apprécier toute la richesse des contours de sa taille, et sa noire chevelure, relevée vers la nuque, mettait son beau front et ses grands yeux entièrement à découvert.

Elle vint s'accouder à côté de Luigi et lui prit une main qu'elle put sentir trembler dans la sienne, mais elle n'eût point l'air d'y prendre garde...

— Luigi, dit-elle avec une ineffable douceur, vous plairait-il vivre ici, avec moi, comme vous le faites depuis trois jours ?

— Ah ! damoiselle, répondit-il non sans hésitation dans la voix et n'osant la regarder, je n'oserais faire un semblable rêve !

— Je vous ai déjà prié de me parler sans détours, sans réticences, avec toute votre pensée... Pourquoi parler de rêve quand je vous entretiens, moi, de la réalité ? Si l'on vous offrait — quoique vous soyez bien jeune et d'une obscure origine — si l'on vous offrait, d'un côté, toutes les jouissances que peuvent procurer une grande fortune et un grand nom, — de l'autre, une vie calme et modeste, ici, dans cette humble maison, auprès de moi.., Que choisiriez-vous ?

Cette fois les yeux de Flora rencontrèrent ceux de Luigi — qui pâlissait visiblement.

L'enfant ne put soutenir l'éclat fulgurant du regard de la jeune fille; il baissa la tête, se couvrit le visage de ses deux mains et ne répondit pas.

On eût dit qu'il cherchait une forme à sa pensée...

— Que feriez-vous Luigi ? insista Flora qui posa la main sur l'épaule du jeune homme.

A ce contact, ce dernier tressaillit comme sous un choc électrique; il laissa tomber ses mains sur l'appui massif de la fenêtre, leva ses beaux yeux avec une charmante timidité et balbutia :

— Si Dieu offrait à un damné de choisir entre le séjour de Satan et le Paradis, que pensez-vous, damoiselle, que choisirait le réprouvé ?..

— Ah ! mon cher Luigi, votre réponse est incomplète...

— Ai-je donc besoin d'ajouter, damoiselle, que pour moi le ciel serait... cette vie calme et modeste que votre bonté nous fait goûter — à mes parents et à moi. Il me semble que je ne vis réellement que depuis que nous sommes ici — entourés de parfums et de poésie...

— Voyons, Luigi, cette nouvelle existence, qui paraît vous rendre si heureux, aurait-elle, à vos yeux, le même charme si je vous quittais... si je disparaissais ?

C'était une sensitive, ce pauvre enfant : à la question de Flora, on eût dit qu'il allait s'évanouir.

La jeune fille, comme pour le soutenir, lui passa un bras autour de la taille, et approchant son visage du sien, elle lui dit tout bas et avec la plus enchanteresse intonation :

— Q'avez-vous donc Luigi ? On dirait que vous faiblissez.., Ne me cachez rien, ne craignez pas de me dire toute votre pensée... Me croyez-vous donc indigne de votre confiance ?

— Ah ! damoiselle.., mais je n'oserais...

Et tout confus, il rougissait.

— Luigi, je sais tout entendre, parce que je comprends toutes les faiblesses et tous les héroïsmes de notre imparfaite espèce... Parlez donc, enfant, ne voyant en moi qu'une mère, une sœur ou une amie... à votre choix...

Rassuré, raffermi par ces paroles si encourageantes, le jeune homme osa, cette fois, regarder Flora sans trouble...

— Damoiselle, dit-il, cela date du jour où vous êtes venue, pour la première fois, chez mon père, sous les habits d'un cavalier. Moi seul, à votre entrée, je vous avais reconnue... J'en parlai à mon père qui me fit jurer de garder fidèlement votre secret...

Ah! damoiselle, ce serment était superflu, car déjà j'aurais été effrayé à la seule pensée de vous déplaire!... J'admirais, chaque jour, votre grâce de jeune fille et j'aimais, en vous, jusqu'à cette virile poésie dont vous entourait, à mes yeux, votre merveilleuse adresse au noble jeu des armes... J'ignorais les motifs qui vous portaient ainsi à... vous écarter des habitudes si... timorées de votre sexe; je ne les connais pas davantage aujourd'hui; mais je pressentais un évènement dans votre vie et cela suffisait à vous grandir, à vous sanctifier dans ma pensée... Si vous aviez eu besoin, dès ce moment, d'un esclave, damoiselle, quoique je n'eusse que seize ans, un signe de vous m'eût fait tomber à vos pieds !...

— Et aujourd'hui, mon cher fou ?

— Aujourd'hui, damoiselle, j'entre dans ma dix-huitième année et tout s'est fortifié en moi, jusqu'à mes pressentiments... Mais, hélas ! que suis-je pour vous parler ainsi ? Que vous importe, à vous, damoiselle, le dévouement absolu du fils d'Orsini ?...

— Vous n'êtes pas le fils d'Orsini...

— Je ne suis pas... Que dites-vous ?

Luigi s'était spontanément écarté de la fenêtre comme s'il avait craint que l'émotion qui montait rapide de son cœur à son cerveau le fît choir en dehors. Ses yeux étaient démesurément ouverts et une profonde anxiété envahissait soudain son visage.

— Non, fit froidement Flora, vous n'êtes pas l'enfant de celui que vous avez toujours appelé votre père... Je connais ceux à qui vous devez le jour et je sais à quelle preuve vous pourriez revendiquer vos droits...

— Ah ! damoiselle, par pitié, dites-moi quelle est cette preuve ?

— Vous portez, au bras gauche, une croix rouge surmontée d'un M...

— C'est vrai !

— Cela vaut, Luigi, tous les parchemins du monde...

— Et mon père, ma mère ?

— Vous avez droit de marcher haut la tête et de porter les armes d'un gentilhomme... Voilà tout ce que je puis vous dire... quant à présent...

— Et plus tard, damoiselle ?

— Ecoutez-moi bien, Luigi : Si vous m'êtes réellement, sincèrement dévoué; si vous me jurez sur Dieu que vous vous tairez à l'égard de ce que je viens peut-être imprudemment de vous révéler; si enfin vous êtes véritablement mon esclave discret, soumis et fidèle, je m'engage, moi, sur mon honneur, à vous faire connaître vos parents dès que je le jugerai opportun et sans danger pour vous !

— Ordonnez, damoiselle, je vous offre mon sang jusqu'à la dernière goutte.

— Il ne faut pas qu'Orsini et sa femme se doutent de notre pacte. De la discrétion la plus complète dépend la réalisation de votre légitime désir de connaître les auteurs de vos jours; il faut, en outre, que vous me serviez scrupuleusement, en esclave, c'est-à-dire à toute heure et sans chercher à pénétrer mes desseins ou les motifs de ma conduite, si étrange qu'elle vous paraisse parfois... Vos pressentiments ne vous ont point trompé, Luigi : je poursuis une œuvre grande, difficile, mais sacrée, et rien, ni dangers, ni obstacles, rien ne pourra m'en détourner... S'il faut accomplir des miracles pour parvenir à mon but, je suis certaine que Dieu me permettra d'en faire, parce Dieu est la justice même et que mon œuvre est juste entre toutes !... J'aurai probablement besoin d'un aide courageux, dont l'abnégation soit sans limites et qui soit muet, s'il le faut, jusqu'à la mort !...Je vous choisis, voulez-vous toujours être mon esclave ?

Luigi était aux genoux de Flora.

— J'attends vos ordres, damoiselle, dit-il simplement et avec un élan d'enthousiasme auquel il n'était pas possible de se méprendre.

— Bien, Luigi. Maintenant, vous m'appartenez comme une chose à moi ! Pourvu que vous me respectiez, que vous m'honoriez toujours, moi je vous permets de m'aimer.

Un cri de joie que la main de Flora souriante eut beaucoup de peine à contenir, sortit de la bouche du jeune homme transporté.

— Soyez homme, Luigi, puisque vous aurez bientôt dix-huit ans et allez faire préparer deux chevaux, nous partons pour Paris.

. . . .

Une heure après cette scène, le seigneur Florestan, suivi d'un page élégamment équipé et de fort bonne mine, galopait sur la route de Paris. Il se dirigea d'une traite vers l'hôtellerie du *Pigeon Blanc* et demanda à voir le seigneur Buridan; mais l'hôtelier lui apprit que le seigneur Buridan n'avait pas paru depuis deux jours et qu'il avait laissé un sachet en recommandant de le remettre de sa part à certain seigneur du nom de Florestan dès que celui-ci se présenterait à l'hôtellerie.

— Le seigneur Florestan, c'est moi.

— En ce cas, messire, veuillez entrer, je vais vous remettre le sachet.

L'hôtelier et Florestan entrèrent dans une salle basse, laissant à la porte de l'hôtellerie les chevaux à la garde du jeune page, et le sachet fut bientôt ouvert par celui auquel il était adressé.

Il renfermait une simple feuille de parchemin contenant ces quelques lignes :

« Mon jeune ami,

» Je suis arrêté par les ordres de Margue-
» rite de Bourgogne. Je ne sais où sa félo-
» nie va me conduire et où sa cruauté peut

» la pousser, mais si vous entendez parler,
» pour moi, d'un danger de mort ou si la
» nouvelle de mon supplice parvient jus-
» qu'à vous, je compte, moi, sur l'esprit de
» vengeance qui vous anime pour qu'aussi-
» tôt vous vous rendiez au grand Pré-aux-
» Clercs, tout près de la Tour de Nesle. Au
» pied du quatrième arbre, en partant de la
» Tour et parallèlement à la Seine, vous
» creuserez la terre et vous trouverez un
» petit coffret en fer que vous ferez parve-
» nir à monseigneur le roi de Navarre,
» *heureux* époux de Marguerite de Bour-
» gogne.

» Vous êtes loyal, mon jeune ami, c'est
» dire que si je vous revois, le coffret ne
» sera point déterré par un autre que par
» moi; mais si Marguerite est assez impru-
» dente pour me supprimer, vous pourrez
» la perdre irrémissiblement en faisant ce
» que je vous dis plus haut, et moi, mon
» jeune ami, je quitterai cette vie — qui

» n'est rien sans amour ou sans vengeance
» — avec le vif regret de n'avoir pu être
» utile à la France, à son peuple et à
» vous !

» BURIDAN.»

Le seigneur Florestan, que l'hôtelier regardait, pendant sa lecture, avec une curiosité attentive, ne laissa rien paraître de ses impressions; il plia la feuille de parchemin qu'il replaça tranquillement dans le sachet, referma celui-ci et le mit dans son aumônière. Puis il dit un adieu fort calme à l'hôtelier déçu, remonta à cheval et piqua des deux pour ne s'arrêter qu'à la porte bardée de fer du bourgeois Matheï.

. . . .

Or, qu'était devenu le seigneur Buridan ? Comment avait-il disparu et qu'est-ce qui l'avait engagé à écrire à son ami la singulière lettre qu'on vient de lire ?

C'est ce que nous allons faire connaître au lecteur.

. . . .

La princesse Marguerite de Bourgogne, dès l'âge de quatorze ans, avait attiré l'attention des jeunes seigneurs qui étaient admis à faire leur cour au duc Robert II. D'une nature extrêmement précoce, elle avait eu, de bonne heure, des passions qui, d'ordinaire, sont heureusement réfrénées par la raison unie à l'éducation; mais parlez donc raison à une fillette de quatorze ans qui n'a point de mère pour lui faire connaître et aimer la vertu ? Parlez donc devoir à un jeune cœur, sans guide attentif, qui a passé, sans transition, de l'enfance à la puberté — comme le soleil, sous certaines latitudes, éclaire et rayonne sans que l'aurore ait annoncé sa venue aux regards soudainement éblouis ! — Parlez donc vertu enfin à une jeune fille née dans la pourpre, dont les désirs sont des ordres pour la foule des courtisans qui l'entourent, quand la galanterie la moins réservée et la moins décente fait partie intégrante des mœurs au sein desquelles elle a vécu et grandi !

Telle avait été l'enfance de Marguerite. Jugez de ce qu'elle devait être, adolescente et femme ! Douée d'une grande intelligence elle ne sût jamais l'employer que pour la satisfaction des plus impurs appétits! De quatorze à seize ans, elle se livra à Buridan, page de son père, avec une fougue irrésistible qui la conduisît au parricide le jour où elle put craindre que le duc ne la séparât violemment du jeune homme; mais dès qu'elle sut qu'on la destinait au fils aîné du roi de France, elle ne fit aucune tentative pour éviter un mariage qui n'était, après tout, qu'une félonie, puisqu'elle allait tromper à la fois son amant et son époux; elle assista, presque impassible, aux scènes de désespoir qui précédèrent l'exil du pauvre et confiant Buridan; elle fit plus : à peine fût-il parti et en attendant qu'on la conduisît en France, elle s'empressa de lui trouver des successeurs !

Buridan la connaissait bien. Il savait quelle duplicité se cachait sous cette enveloppe charmante et faite pour exciter l'amour... nous voulons dire les amours faciles; il savait quel orage de passions toujours inassouvies grondait sous cet épiderme blanc et velouté; il savait quels desseins infernaux pouvaient surgir de cette tête adorable et dont les yeux seuls étaient une puissance indomptable; il savait enfin que Marguerite ne reculerait pas devant un nouveau crime pour écarter à jamais un obstacle comme lui, Buridan, qui partageait avec elle le fatal secret de son premier crime et qui lui avait prouvé qu'il n'ignorait point les sanglantes orgies des nuits de la Tour de Nesle. Un moment, cependant, il avait espéré faire vibrer en elle la fibre la plus sensible du cœur de la femme: la fibre maternelle; mais ce moyen même lui échappait par la disparition d'Orsini !...Toutefois, une lueur lui restait au fond de ce gouffre; Marguerite lui avait promis ses entrées au Louvre et elle s'était engagée à lui faire obtenir la charge de contrôleur général des finances. Le salut, pour elle comme pour la politique intérieure de la France, pouvait être là !... Restait donc à savoir si la reine de Navarre avait été sincère dans ses promesses et à prendre des précautions contre une trahison que le caractère de Marguerite rendait très-possible. C'est ce que fit Buridan en écrivant sa lettre au seigneur Florestan, puis, le lendemain du jour où il avait vu la reine à l'hôtellerie du *Pigeon Blanc*, il s'achemina vers le Louvre, emportant sous son pourpoint de velours grenat — orné de la chaîne d'or des chevaliers — un parchemin scellé dont la destination nous sera bientôt connue.

Le Louvre, à cette époque, n'était point

une résidence royale, proprement dite. La cour souveraine habitait l'hôtel Saint-Paul, et Philippe-le-Bel avait donné le Louvre pour séjour à ses trois fils et à ses brus les princesses Marguerite, Blanche et Jeanne de Bourgogne. Mais pour le moment, le Roi et ses fils guerroyaient ou voyageaient, les uns en Flandre, les autres en Bourgogne ou en Picardie, et le pouvoir suprême — concentré dans les mains de la Reine de Navarre et d'Enguerrand de Marigny — avait élu domicile dans ce petit hôtel du Louvre qui devait, plus tard, tenir une si grande place parmi les plus vastes et les plus beaux palais de l'Europe.

Le seigneur Buridan, une main fièrement posée sur le pommeau de son épée, tandis que l'autre jouait avec la dague qui pendait à sa ceinture, entra dans la cour du Louvre avec l'allure d'un familier de la royale maison, et répondant au salut des sentinelles, il monta, sans se hâter, l'escalier d'honneur, conduisant aux grands appartements.

Il allait assister au lever de la Reine !

Déjà, il entendait les voix des courtisans attendant l'heure du lever et devisant, entre eux, sur les évènements de la veille et sur les scandales du lendemain; il allait passer le seuil d'une porte grande ouverte, de chaque côté de laquelle se tenaient deux hallebardiers — immobiles et muets comme des bàs-reliefs — lorsque parut soudain, à cette porte, un officier, jeune et beau, l'épée nue à la main...

Le seigneur Buridan s'inclina comme pour demander passage et fit même un pas en avant; mais l'épée de l'officier lui barra la porte...

— Vous êtes, messire, lui demanda ce dernier, le capitaine Buridan ?

— Vous l'avez dit, messire, et je viens,

pour la première fois, assister au lever de notre gracieuse régente...

— Moi, messire, je suis le capitaine des gardes de Madame la Reine, et j'ai ordre de vous prier de vouloir bien me remettre votre épée et votre dague...

— Ah ! déjà ?... Vous avez trop de courtoisie, messire Gauthier d'Aulnoi, pour que je ne fasse point ce que vous me demandez en si bons termes... Voici mes armes... Où dois-je vous suivre ?

— Au Grand-Châtelet, messire capitaine.

— Qu'il soit donc fait selon le bon plaisir de Madame la Reine !

Buridan s'était assuré, d'un coup d'œil rapide, que toute résistance et que toute tentative de fuite étaient inutiles; il était littéralement entouré de gardes.

Comme on vient de le voir, il s'était exécuté de fort bonne grâce et il était monté en litière dans la cour du Louvre, ayant à côté de lui Gauthier d'Aulnoi et escorté d'un fort détachement de lansquenets.

On arriva bientôt au Grand-Châtelet — où le jeune capitaine des gardes voulut conduire Buridan jusqu'au cachot humide et sombre qui lui était destiné. Il allait prendre congé de lui, le sourire aux lèvres, et après l'avoir particulièrement recommandé au geôlier et au vieil officier qui avait la garde de la prison, lorsque Buridan, se tournant vers lui, le pria de lui accorder un court moment d'entretien.

Sur un signe du capitaine des gardes, le geôlier et l'officier sortirent du cachot — dont la porte fut fermée — et le prisonnier et le favori de Marguerite de Bourgogne se trouvèrent seuls.

— Messire Gauthier d'Aulnoi, dit alors Buridan d'une voix grave, vous êtes, je le sais, dévoué à la Reine de Navarre...

Mon devoir est de l'être, messire capitaine.

— Et vous feriez beaucoup, sans doute, pour écarter un danger du chemin de la Reine ?

— Comme tout sujet fidèle et loyal le devrait faire.

— En ce cas, vous ne refuserez pas de remettre à la Reine de Navarre elle-même, à elle seule, entendez-vous, ce pli ?

Et Buridan retira de son aumônière le parchemin scellé que nous lui avons vu emporter en quittant son hôtellerie, et le tendit au capitaine des gardes.

Celui-ci hésita visiblement à le prendre.

— Je vous affirme, messire Gauthier, que si ce pli ne parvient pas à son adresse et dans le plus bref délai, la Reine de Navarre, régente du royaume de France, courra le plus grand danger qui la puisse menacer !

Promettez-moi donc de faire ce que je viens de vous demander aussitôt que vous serez rentré au Louvre... Une nouvelle épée de Damoclès est suspendue sur la tête de Marguerite de Bourgogne: vous pouvez la soustraire aux conséquences de la chute de cette épée !

— Sur votre part de Paradis, capitaine, ce que vous me dites est-il vrai ?

— Mon Dieu ! jeune homme, si ce parchemin ne contenait chose grave et intéressante au premier chef pour la Reine de Navarre, pensez-vous donc qu'il suffirait à lui seul pour m'ouvrir les portes du Châtelet?

Ces derniers mots parurent décider Gauthier d'Aulnoi. Il prit le parchemin.

— Il sera fait selon votre désir, capitaine, dit-il.

Et quittant le prisonnier qu'il venait de confier aux épaisses murailles, aux grilles de fer et aux verrous du Grand-Châtelet, il se hâta de reprendre le chemin du Louvre.

. . . .

Bien des jours s'écoulèrent, pour Buridan, dans le plus affreux isolement et dans les réflexions les plus tristes. Lui qui avait vu les horreurs des champs de bataille; lui qui avait souvent fouillé le cœur humain et qui y avait vu de hideuses misères morales; lui qui s'était depuis longtemps familiarisé avec tous les évènements, tous les dangers de la vie — il trouvait son sort mille fois plus malheureux qu'il ne l'avait imaginé en entrant au Châtelet. C'est que l'espérance qui l'avait soutenu pendant les premiers jours de son incarcération l'abandonnait ! Il avait cru fermement que Marguerite, liée pour toujours à lui — comme il le lui avait dit — par un passé d'amour et de sang, ne résisterait pas à l'appel qu'il lui avait fait parvenir. C'est que l'homme, même le plus fort, ne voit pas impunément lui échapper les chances sur lesquelles il a complaisamment construit tout un avenir de puissance et de gloire ! Et puis, une pensée terrible assaillait maintenant son esprit affaibli par les privations physiques et par l'ambition déçue... Si Gauthier d'Aulnoi n'avait pas remis son pli à Marguerite ! — Florestan le vengerait, sans doute, au moyen du coffret de fer; mais lui, Buridan, que deviendrait-il ? Etait-il donc destiné à mourir lentement sur cette paille immonde qui lui servirait, désormais, de couche ? Etait-il donc condamné à ne plus revoir ce fils, qu'il avait été si heureux de retrouver sans pourtant se faire connaître à lui, et qui était l'un des moyens qu'il comptait employer pour retirer Marguerite de la fange ?

Des accès de rage, bientôt suivis du plus profond découragement, enlevaient, de jour en jour, au prisonnier, les quelques forces qui pouvaient le soutenir encore et l'heure ne tarderait pas à sonner sans doute où la prostation la plus complète serait, pour lui, le commencement d'une cruelle agonie !

Il maudissait donc celle qu'il avait aimée jusqu'à devenir assassin, et, s'enveloppant pour ainsi dire, dans la pensée de son fils, il s'apprêtait à la mort — sous quelque forme qu'elle vînt le visiter — en demandant au Dieu de miséricorde pardon pour le crime qu'un fatal amour lui avait fait commettre !

. . . .

Buridan était étendu sur la paille humide et non renouvelée de son cachot; il dormait de ce sommeil agité, fiévreux qui annonce un état de faiblesse extrême; sa barbe longue et parsemée de poils blancs, sa maigreur effrayante — causée à la fois et par les tortures morales et par l'insuffisance d'une nourriture sordide — lui donnaient un aspect repoussant, hideux.

Tout-à-coup, au milieu du silence sépulcral qui règne sous les sombres voûtes du Châtelet, un bruit de clefs, un grincement de verroux glissant dans leurs anneaux se font entendre...

Buridan ne s'éveille pas...

La porte de son noir cachot s'ouvre lentement et une femme entre seule, tenant à la main une lanterne... Elle s'approche du malheureux dormeur et le contemple un moment en silence... Puis elle introduit une petite clef dans le cadenas qui ferme la chaîne au moyen de laquelle le prisonnier est presque cloué à la muraille, et, s'éloignant de quelques pas :

— Buridan ! appelle-t-elle à haute voix, Buridan !

Buridan s'éveille enfin, se dresse sur son séant et paraît douter de la réalité de cette lumière qui éclaire son cachot...

— Buridan, répète la femme, tu es libre. Lève-toi et suis-moi !

— Marguerite !... Ah ! merci d'être venue ! Tu nous sauves tous les deux !

. . . .

Qu'avait donc fait la belle reine de Navarre pendant les longs jours de captivité de son ancien amant ?

Elle avait fait fouiller tout Paris pour retrouver l'enfant dont Buridan lui avait si formellement affirmé l'existence. Elle savaitbien que cette preuve vivante pouvait devenir, pour elle, le plus terrible châtiment,etque,cettepreuve définitivement supprimée, elle pourrait continuer sans contrainte les excès de déportements qui étaient sa vie ! Mais si, l'enfant étant introuvable, elle pouvait penser que Buridan l'avait trompée pour obtenir d'elle les faveurs qu'il ambitionnait, elle n'avait cependant aucune raison péremptoire de ne pas croire à l'existence de cet enfant. Ce doute rendait Buridan excessivement dangereux et il fallait d'autant plus le ménager et ruser avec lui, qu'elle avait reçu, par les mains de son favori Gauthier d'Aulnoi, un parchemin contenant ces mots :

« La Reine Marguerite est informée que » l'un de mes amis est en possession de » certain coffret qu'il a mission de faire par » venir au roi de Navarre le jour où il m'ar- » riverait malheur.

» Ce coffret renferme des détails très- » circonstanciés, avec preuves à l'appui, sur » la vie de la reine Marguerite, depuis et y » compris la mort du duc Robert II jusqu'aux » dernières nuits de la Tour de Nesle.

» Buridan.»

. . . .

— Je serais venue te délivrer, Buridan, le jour même où mon capitaine des gardes m'a remis ta lettre; mais si tu savais combien la pensée de l'enfant m'absorbait !... J'aurais donné tout au monde pour le retrouver et pour venir avec lui t'arracher de cet affreux cachot !...

— Je vous crois, Marguerite, car la crainte du coffret...

— Ce n'est pas cela, Buridan !...

— Mais que vous avais-je donc fait qui pût motiver mon arrestation?

— Tu as été arrêté parce que tu n'as pu tenir la promesse que tu m'avais faite de me montrer l'enfant... J'ai cru que pour être certain d'obtenir tes entrées à la cour et la succession de messire Enguerrand...

— Quoi ! Marguerite, vous m'avez prêté un tel calcul ?

— Il faut me pardonner, Jehan, parce que je m'étais fait une joie immense de retrouver mon fils... Il me semblait que le ciel m'envoyait, par lui, l'occasion de racheter en partie un passé qui me condamne...

— Serait-il vrai, Marguerite ?

— Oui, Jehan... cela est vrai, et je n'ai pas été maîtresse d'un premier mouvement de colère quand la pensée m'est venue que vous aviez pu me tromper...

— Eh bien ! Marguerite, savez-vous ce que je voulais faire, moi, de ce fils dont la vue a failli faire éclater mon cœur ? Je voulais que, sans qu'il sût que vous êtes sa mère, vous lui servissiez de providence ici-bas... Moi, je lui aurais donné mon nom et nous eussions veillé sur lui, vous et moi, pour en faire un homme d'honneur et de loyauté... Cette charge d'âme vous eût régénérée, Marguerite, comme elle m'eût consolé et fortifié !...

— Ah ! tu vaux mieux que moi, Buridan; mais que peut-il être devenu, cet enfant ?

— L'avez-vous cherché, du moins ?

— J'ai fait l'impossible pour le découvrir... Tout a été inutile: il n'est plus dans Paris...

— Je le retrouverai, moi, dussé-je parcourir toute la France...

— Et vous m'informerez sans retard du résultat de vos démarches... Mais venez.. sortez de cet affreux cachot. Ah ! si j'avais su que vous y avez tant souffert !

— Je vous remercie, chère Marguerite, de votre royale pitié; il y a encore du bon en vous !

— Dès que vous aurez recouvré vos forces, mon Jehan; dès que vous aurez repris la fière mine du capitaine Buridan, ne manquez pas, au moins, de venir au Louvre. Cette fois, je vous en donne ma parole de régente, mon capitaine des gardes ne vous demandera pas votre épée !...

CHAPITRE V

COMME QUOI LE CAPITAINE BURIDAN NE CRAIGNAIT PAS DE METTRE EN PRATIQUE UN ADAGE MODERNE : *Qui veut la fin veut les moyens*, ET COMME QUOI LE SEIGNEUR FLORESTAN ENTENDAIT FAIRE SES PROPRES AFFAIRES TOUT EN FAISANT CELLES DU CAPITAINE.

Quinze jours après sa sortie du Châtelet, le capitaine Buridan, complètement remis de la terrible secousse qui avait compromis à la fois sa raison et sa santé, se dirigeait, à la nuit tombante, vers un groupe de mâsures inhabitées, enfouies sous des massifs d'arbres et construites à une assez grande distance du Louvre, précisément à l'endroit où se trouve, de nos jours, le jardin de ce qui fut, avant le vandalisme de la Commune, le palais de nos souverains. C'était tout ce qui restait, d'une fabrique de tuiles — en grand rapport quelques années auparavant — et les misérables qui fréquentaient d'ordinaire ce quartier fort éloigné de toute habitation honnête, ne se doutaient guère, alors, qu'un jour viendrait où les Tuileries seraient transformées en un vaste château d'où les plus puissants potentats domineraient le monde !

Comme Buridan approchait de la première mâsure, un cri d'oiseau de proie se fit entendre et un homme — paraissant sortir de terre — se dressa devant lui.

— Jérusalem ! fit aussitôt Buridan.

— Franchises ! répondit l'homme.

Et Buridan passa tandis que l'homme reprenait sans doute son poste d'observation.

La même scène de précaution se renouvela un peu plus loin et le seigneur Buridan pénétra dans des ruines au milieu desquelles s'ouvrait, béant, un escalier en pierres dans lequel il s'engagea résolûment.

Il descendit environ une vingtaine de degrés que l'humidité rendait glissants, et se trouva devant une porte en chêne vermoulu à laquelle il frappa trois coups du pommeau de sa dague.

Cette porte s'ouvrit aussitôt et il se trouva au milieu d'une étrange assemblée qu'éclairaient à peine quelques torches fixées dans les parois des rochers formant murailles.

Buridan venait d'entrer dans une espèce de souterrain et l'assemblée se composait de pastoureaux — tourbe de gens sans aveu, vêtus de haillons et d'oripeaux, lie des croisades qui s'était abattue sur Paris et qui n'y vivait que de rapines et d'expédients. Les plus honorables de ces pastoureaux n'étaient que de simples détrousseurs; tous attendaient la corde...

A l'aspect de Buridan, il n'y eut qu'une voix.

— Le capitaine ! c'est le capitaine !

Buridan fit un geste et le silence s'établit comme par enchantement...

— Je n'ai que peu d'instants à vous donner, dit-il d'une voix forte qui résonnait sous la voûte humide; écoutez-moi donc avec attention...

On eût entendu voler une mouche qui se serait égarée au milieu de ces bandits.

— La France, continua-t-il, est gouvernée par des mains inhabiles ou coupables. Il faut que le peuple lui-même demande justice, les armes à la main, puisqu'on ne l'écoute pas lorsque, par hasard, il se plaint.

— Oui ! oui ! c'est cela !

— La reine régente, Marguerite de Bourgogne, qui ne peut avoir, on le comprend, ni la fermeté de caractère, ni l'expérience nécessaires à la conduite des affaires publiques, ne saurait être, sans injustice, l'objet de la haine populaire...

— Et la Tour de Nesle? fit un pastoureau.

Cette interruption, grosse de menaces, n'enleva rien au calme de Buridan.

— Ceci, répondit-il aussitôt, n'est nullement du domaine de la politique. C'est affaire entre Dieu et la conscience de madame la Reine! Il ne suffit pas de croire à ce qu'on entend dire: il faut des preuves.

— Et les cadavres que rejette la Seine chaque matin?

— La reine et les princesses sont-elles donc les seules, entre les femmes, qui n'aient foi que dans le mutisme de la mort?... D'ailleurs, je ne vous ai pas réunis pour que nous nous occupions de notre régente — que Dieu éclaire! — mais bien pour vous parler des intérêts du peuple de Paris, qui sont les vôtres... J'ai besoin de vos bras, de votre audace et je paie en sous parisis de bon aloi !... Cela vous va-t-il, compères, oui ou non ?

— Oui ! oui ! Parlez capitaine !

— Dans trois jours, toute la cour doit se rendre, en grand équipage, à l'abbaye des Augustins, pour l'installation solennelle d'un nouvel abbé. A sa sortie du Louvre, la Cour trouvera le peuple ameuté pour l'obtention des libertés dont il n'a pu jouir depuis l'affranchissement des communes, et pour le changement immédiat du contrôleur général des finances...

— Nous demanderons, nous exigerons le gibet de Montfaucon pour Enguerrand de Marigny !

— Les gardes chercheront à repousser la population; celle-ci faiblira et fera retraite jusqu'au Pré-aux-Clercs; mais, arrivée là, elle tiendra tête, avec la plus grande vigueur... Il est indispensable que la régente se trouve dans l'impossibilité de repousser la double requête qui lui sera présentée le même jour au nom de la ville de Paris... N'oubliez pas qu'après la fête les parisis pleuvront !

— Bien ! bien Comptez sur nous !

— Donc, dans trois jours, à la sortie du Louvre !

— Oui ! oui !

. . . .

Les faits — graves à plus d'un titre — que nous avons accepté la tâche de faire passer sous les yeux du lecteur, peuvent, nous le savons bien, lui paraître monstrueux ou tout au moins invraisemblables; mais ils sont malheureusement historiques, et notre imagination n'y a qu'une bien faible part n'allant guère au-delà de la forme dont nous avons cru pouvoir les revêtir. Nous devons la connaissance de ces faits — qui sont d'ailleurs parfaitement en rapport avec la nature perverse et sanguinaire des princesses de Bourgogne que les saturnales de la Tour de Nesle ont, d'après tous les écrivains sérieux ou érotiques — tels que Villon et Brantôme — clouées au pilori de l'histoire — nous devons, disons-nous, la connaissance de ces faits à la lecture toute récente d'uu vieux et précieux manuscrit daté, à Paris même, de l'an 1352, et dont l'obligeant propriétaire désire demeurer inconnu à la foule des *chercheurs* qui ne manqueraient pas de frapper à sa porte si, de notre côté, nous n'observions la réserve qu'il nous a fait promettre.

. . . .

A l'époque dont nous nous occupons, les notions du juste et de l'injuste, des devoirs imposés à l'homme vivant en société régulière soit par les lois, soit en vertu des principes les plus élémentaires du respect réciproque,étaient singulièrement perverties ou audacieusement foulées aux pieds. Les classes les plus élevées de la hiérarchie sociale,celles qui auraient dû prêcher d'exemple pour entraîner les masses dans la voie de la civilisation, se rendaient,au contraire, chaque jour, en plein soleil, coupables des plus condamnables excès. Le vol et le rapt étaient, de par leur bon plaisir, de simples peccadilles, et les plus grands seigneurs se riaient, tout les premiers, des *bons tours* joués par les libertins musqués et par les scélérats dorés à la bourgeoisie et au peuple auxquels il ne restait, pour toute défense, que le désespoir et les larmes — quelquefois les émeutes, réprimées violemment à grands coups d'épée et de pertuisane.

Il ne faut donc pas trop s'étonner de ce que Buridan, pour pouvoir réaliser le programme qu'il s'était énergiquement tracé, cherchait à s'appuyer sur une force matérielle avec laquelle le pouvoir souverain avait eu mainte fois à compter. Dans tous les soulèvements populaires — si fréquents dans ce siècle de fausse monnaie et de calamités publiques — on voyait surgir sur tous les points de Paris des hordes de *pastoureaux* dont les poignards et les énormes bourdons taillaient rude besogne aux hommes du guet et aux gens d'armes chargés de maintenir ce que déjà l'on appelait l'ordre, quand la cause réelle du désordre et des plus révoltants excès venait bien plutôt du sommet que des bas-fonds de la grande famille humaine — en perpétuel travail de transition !

Ainsi que nous le verrons, il entrait dans les vues de Buridan de soulever cette fange brutale qui ne vivait qu'au jour le jour, se vendant à qui voulait l'acheter — pour s'en faire un marchepied jusqu'au premier degré du trône, — et il n'ignorait pas que les bourgeois mécontents et la race turbulente des *escholiers* se joindraient, au premier choc, à son armée improvisée pour avoir l'occasion de malmener les défenseurs de l'autorité royale.

. . . .

Buridan venait à peine de s'habiller et il se disposait à sortir pour savoir ce qu'était devenu, pendant sa douloureuse détention, son jeune ami Florestan — dont la disparition coïncidait assez étrangement, selon lui, avec celle d'Orsini. Il est vrai que l'hôtelier du *Pigeon Blanc* lui avait appris que Florestan était venu à l'hôtellerie pendant son absence et qu'il avait pu recevoir ainsi la lettre que lui, Buridan, lui avait écrite; mais il n'en était pas moins fort surpris de ne l'avoir pas encore vu et il se proposait bien de donner pour but à sa première sortie en plein jour la maison du riche bourgeois Matheï, pour de là se rendre au Louvre afin de prouver à la reine de Navarre qu'il avait tout à fait recouvré ses forces et « sa fière mine de capitaine. »

Il ouvrait la porte de sa chambre lorsque

sur le seuil il vit, souriant, celui-là même qu'il désirait voir.

— Ah ! s'écria-t-il, c'est le ciel qui vous envoie ! J'allais aller vers vous, puisque vous êtes invisible... J'ai envoyé plusieurs fois chez votre père, mais on y a toujours répondu que vous n'habitiez plus Paris... Est-ce vrai ?

— C'est vrai, messire Buridan; mais j'y viens cependant après quelques jours d'absence. Moi, de mon côté, j'ai beaucoup pensé à vous : j'avais quelqu'un qui est allé chaque jour au Châtelet... Et puisqu'on a respecté votre vie, le coffret est toujours au pied du quatrième arbre du Pré-aux-Clercs, en partant de la Tour de Nesle...

— Mais depuis ma sortie du Châtelet, pourquoi ne vous ai-je pas vu ?

— Parce que j'ai voulu attendre que vos forces fussent revenues et que j'avais quelques dispositions à prendre avant d'engager avec vous l'entretien fort sérieux qui m'amène...

— Moi aussi, mon jeune ami, j'ai à vous parler de choses graves !

— C'est donc au mieux... et comme vous êtes sorti, hier, à la nuit, et que vous vous êtes rendu, à pied, vers la région marécageuse et par conséquent assez malsaine qui s'étend bien au delà du Louvre, j'en conclus que vous êtes complètement rétabli; c'est pourquoi je viens vous prier de m'entendre...

— Cordieu ! seigneur Florestan, vous avez une police un peu mieux faite que celles de monseigneur Enguerrand de Marigny et de messire le Prévôt !... Oui, je vous entendrai, mais pas avant que vous ne m'ayez entendu vous-même...

— Parlez donc le premier, messire Buridan...

Un silence de quelques secondes permit

au seigneur Florestan de remarquer que le regard de son interlocuteur cherchait avidement à lire jusqu'au fond de sa pensée... et il se tint froidement sur ses gardes, tout en soutenant, avec un grand calme et une grande sérénité, l'éclat de ce regard.

— Qu'avez-vous fait d'Orsini et... de sa famille ? demanda brusquement Buridan.

— Je les ai soustraits à l'inquisition dangereuse de Marguerite de Bourgogne...

— Pourquoi ?

— J'avais pour cela les meilleures raisons...

— Je les connais...

— Ah !

— J'ai commis une impardonnable imprudence en vous faisant assister, de ce coffre qui est encore là, près de la fenêtre, à mon entrevue avec...

— Avec l'assassin couronné de la jeunesse de France...

— Comme vous voudrez... Vous avez le droit d'être véhément...

— Je suis juste, rien de plus !

— C'est vrai !

Ces deux derniers mots furent prononcés par Buridan avec autant d'émotion que de fermeté.

— Vous connaissez, ajouta-t-il, le terrible secret qui nous lie, la reine de Navarre et moi, et vous vous êtes dit que ce secret devait devenir une arme entre vos mains.

— A peu près, messire.

— Mais cet enfant de Marguerite est aussi...

— Le vôtre, je le sais... Oh ! j'ai beaucoup réfléchi depuis le jour de cette entrevue...

— Et si votre intention est de frapper la mère dans la personne de son fils, votre vengeance m'atteindra moi-meme... Avez-vous réfléchi à cela et dois-je donc vous rappeler dans quelles circonstances nous nous sommes connus ?

Florestan prit les deux mains de Buridan et le regarda avec un attendrissement presque filial.

— Vous avez commis un crime que vous expiez déjà bien cruellement, mais vous êtes resté honnête homme et loyal cœur... Vous méritez d'être pére!... Dieu seul peut faire naître tels évènements qui vous prouvent que sa miséricorde a été touchée par vos efforts à faire le bien, ou que sa justice n'est point satisfaite... C'est vous dire que je veux vous servir et vous être utile autant qu'il sera en mon pouvoir... Quant à la reine de Navarre, jamais, moi vivante, elle ne connaîtra les joies célestes de la maternité ! Cette femme-là est un horrible monstre d'impudicité qui jette chaque jour, à la face de la France dont elle se raille impudemment, les corps sanglants et inanimés des hommes et des enfants qu'elle souille de ses baisers d'hyène. Que vous cherchiez à la conduire vers la vertu — qu'elle est incapable de comprendre — je ne m'y oppose pas... Vous seul pouvez tenter une pareille impossibilité ; mais qu'elle puisse, ne fût-ce qu'un jour, ne fût-ce qu'une heure, appeler son fils un jeune homme candide, pur, fier et brave comme Luigi... Ah ! jamais !... Dussé-je de ma main le poignarder jusque dans ses bras en lui rappelant le lâche assassinat de mon fiancé, jamais, vous dis-je, jamais Marguerite de Bourgogne, la courtisane éhontée de la Tour de Nesle, ne connaîtra les ineffables douceurs qu'une femme puise dans les regards et dans l'amour de son enfant ! J'ai juré de me venger, messire Buridan, je commence !... Vous verrez Luigi autant de fois que vous le désirez ; vous lui ferez connaître son père si vous le voulez ; je serai heureuse de le conduire dans vos bras ; mais vous me jurerez, en homme d'honneur que vous êtes, que vous ne ferez rien, que vous ne direz rien qui puisse mettre la reine de Navarre sur la trace de la vérité... Quoique je fasse, quoiqu'il arrive entre la reine et moi, vous n'oublierez point que je suis le seigneur Florestan, que Luigi est mon page et... que nous nous sommes connus, vous et moi, en Italie...

— Vous avez droit, mon ami... mais je crains bien que vous ne vous prépariez des remords !

— Que voulez-vous dire, messire Buridan ?

— Je veux dire que la vengeance peut vous pousser à commettre des excès que vous regretterez peut-être amèrement, mais trop tard... Savez-vous où les occasions, les évènements même que vous aurez fait naître — sans les avoir prévus — vous conduiront ?

— S'il en est ainsi, messire, c'est que Dieu l'aura voulu... Je serai morte avant d'avoir fait le moindre sacrifice, la moindre concession à nos sentiments légitimes de vengeance... J'ai juré !...

— Vous me promettez de me faire revoir Luigi ?

— Je vous le promets.

— Quand ?

— Dans une heure, si vous voulez.

— Bien, Florestan. A mon tour, je vous donne ma parole d'être d'une absolue discrétion... Mais j'ai, moi aussi, une chose à vous demander.

— Dites, messire.

— Après-demain, il y aura des horions à échanger avec des manants, des écoliers et des bourgeois qui, je le sais de bonne source, doivent s'ameuter à la place du Louvre, au moment où le cortége sortira pour aller assister aux Augustins à l'installation d'un nouvel abbé. Pour la réussite de mes ambitieux projets — que vous m'avez entendu développer en peu de mots à la régente elle-même — il faut que l'émeute soit vigoureusement réprimée. Si j'avais besoin de vous, de votre épée ?

— Comptez sur mon épée, messire Buridan ; mais... faites mieux.

— Quoi donc ?

— Faites que j'aie le droit de me joindre, quand bon me semblera, à la foule des courtisans qui vont, chaque matin, au Louvre, baiser la main de la régente...

— Quoi ! Florestan, vous voulez ?...

— Je veux, moi aussi, mes entrées au Louvre, oui !

— Mais pourquoi ?

— Ceci entre dans mon plan de vengeance.

— Dans l'intérêt même de Luigi, je ne puis ni ne veux me faire connaître à lui que lorsque je serai parvenu au pouvoir. Cette position seule me permettra de lui être utile au point de vue de son avenir. D'ici là, Florestan, vous veillerez sur cet enfant, vous me remplacerez... Vous me le promettez, n'est-ce pas ?

— Je m'y engage, messire !

— Eh bien ! allons vers lui, et préparez-vous à m'accompagner, demain, au Louvre. Aujourd'hui même je parlerai de vous à la reine de Navarre...

. . . .

Le même jour, après un nouvel entretien avec Buridan, et tandis que ce dernier offrait ses hommages et ses services à Marguerite de Bourgogne, le seigneur Florestan rentrait dans la petite maison des bords de la Seine, accompagné de Luigi, et faisait monter Orsini dans cette chambre où nous avons vu, un jour, deux jeunes gens faire des armes.

Dès que la porte de la chambre fut fermée en dedans et que Florestan se fût assuré qu'il ne pouvait être entendu du dehors, il fit un signe et Orsini s'approcha tout près de lui.

— Ça, lui dit-il à mi-voix, lorsque, tous les soirs, après le couvre-feu, tu te rendais à la Tour de Nesle, combien te rapportaient les cadavres que, pour ta part, tu jetais en Seine ?

Orsini était devenu blême et ses dents claquaient...

— Moi !... fit-il d'une voix mal assurée, des cadavres !..,

— Ne nie pas, Orsini, c'est inutile ! Tu

as été l'un des assassins que les trois princesses de Bourgogne ont à leurs gages, et je veux savoir quelles économies tu as pu faire avec le prix du sang ?

— Seigneur Florestan, ayez pitié !

— Ecoute-moi, Orsini, et si tu ne fais ce que je vais te dire, demain ton corps se balancera au haut d'un gibet... Nous allons tous quitter cette maison où je n'ai plus que faire ; tu viendras avec moi chez mon père qui te comptera une somme suffisante pour assurer ton existence et celle de ta femme... Tu prendras incontinent la route de l'Italie que tu ne quitteras plus sous peine de la hart, et tu me diras comment tu pénétrais dans la Tour de Nesle ?

— Et Luigi ?

— Que t'importe ! Luigi n'est pas ton fils... Veux-tu, oui ou non, faire ce que je viens de te dire ?

— Je le ferai, seigneur Florestan... mais comment avez-vous su ?...

— Dieu permet quelquefois la divulgation des secrets les mieux gardés... Comment faisais-tu pour entrer dans la Tour de Nesle ? A quels ordres obéissais-tu ? Combien étiez-vous d'assassins ? Dis-moi tout, il faut que je sache... A cette condition seulement tu pourras aller vivre dans ton pays... et y faire pénitence !

— Seigneur Florestan, nous étions trois... autant que... d'amoureux, puisqu'elles sont trois... C'est l'astrologue de Madame la Régente, un italien depuis longtemps attaché à sa personne, qui distribuait nos rôles, soit pour attirer à la Tour les jeunes gens désignés ou choisis, soit pour... la nuit... Chacun de nous était porteur d'un anneau comme celui-ci...

Orsini retira de l'un de ses doigts un anneau d'argent et montra qu'à la face intérieure cet anneau portait gravées, les lettres O T N.

— Ces lettres, ajouta-t-il, signifient *Orsini Tour de Nesle*, et cet anneau nous ouvrait les portes de la Tour à toute heure de jour et de nuit.

— Le nom de l'astrologue et sa demeure ?

— Il demeure au rez-de-chaussée de la Tour... On entre chez lui par une poterne basse, pratiquée dans la muraille de l'Hôtel de Nesle, du côté du Pré-aux-Clers, et par un long couloir fort étroit, percé dans l'épaisseur même de la muraille...

— Son nom ?

— Franceshi...

— C'est bien... Donne-moi ton anneau et va faire tes préparatifs... Dans une heure nous partons pour Paris où mon père t'attend avec cinq cents royaux d'or.

. . . .

Certaine, désormais, que Buridan et elle connaîtront seuls la véritable origine de Luigi, Flora Matheï n'a pas hésité à se débarrasser d'Orsini dont la présence était pour elle un supplice de chaque jour. Malgré ses dénégations les plus énergiques, l'ancien reître avait bien pu, pensait-elle, coopérer personnellement au meurtre d'Henri d'Aubigny ou tout au moins s'en faire le complice en aidant à sa préparation. Cet horrible doute suffisait à lui faire prendre en haine l'homme auquel son père et elle avaient fait tant de bien, et le souvenir de leurs bienfaits n'avait qu'à grand' peine soustrait Orsini à la vengeance que poursuivait la jeune fille... Luigi, lui, appartenait cœur et âme à Flora ; il ne la quitterait pour ainsi dire plus et elle pourrait sans contrainte le façonner au rôle qu'impitoyablement elle lui réservait — puisque le jeune homme, fou d'amour, n'avait d'autre volonté que la sienne, d'autre bonheur que de lui obéir aveuglément.

Un regard de Flora, un doux mot de sa bouche adorée avaient fait s'évanouir instantanément le nuage fugitif de regrets que le départ subit d'Orsini et de sa femme avait fait naître en Luigi. Il ne pouvait certes pas méconnaître qu'ils avaient quelques droits à ses regrets par les soins qu'ils avaient pris de son enfance. C'était à eux après tout, qu'il devait d'être aujourd'hui un homme, tandis que l'abandon de ses parents semblait l'avoir voué à la mort dès son entrée dans la vie ! Il ne le méconnaissait pas, mais qu'était ce souvenir en présence de Flora ? Qu'étaient ces regrets devant la splendide beauté de sa jeune bienfaitrice et devant le miroitement de la nouvelle existence qu'elle lui avait faite ? — C'était un flocon de neige fondant sous les premiers rayons du soleil ; c'était la fumée que dissipe le plus faible souffle de vent !

. . . .

Le soir même de ce jour, un peu avant l'heure du couvre-feu, Buridan frappait à la porte de Nicolas Matheï et demandait à parler au seigneur Florestan — qui s'empressa de le recevoir.

— Pour ce qui m'amène, lui dit-il, je ne pouvais venir plus tôt... Demain, vous serez reçu au Louvre...

— Merci, messire, cette nouvelle me comble de joie !

— Au moins, ne vous trahissez pas, mon jeune ami.

— Soyez tranquille, messire...

— Et je viens ce soir vous prier de venir avec moi à deux pas d'ici... Avant une demi-heure vous serez rentré.

— Où faut-il aller ?

— Au quatrième arbre du Pré-aux-Clercs...

—Ah ! Ah ! Est-ce que le moment serait venu de faire usage du coffret ?

— Au contraire, mon ami ! Ma paix es faite avec la Reine régente ; je suis on ne peut mieux en cour et bientôt, je l'espère, je serai investi des fonctions que j'ambitionne. Je puis donc, sans crainte, reprendre mon coffret...

— Prenez garde, messire !

— A quoi ?

— A l'astuce de Marguerite de Bourgogne.

— A votre tour seigneur Florestan, soyez donc tranquille... M'accompagnez-vous dans mon expédition nocturne ?

— Je vous suis.

. . . .

A la pâle clarté d'une lune qui se cache, par moment,derrière de gros nuages blancs, deux hommes se sont arrêtés au pied d'un des grands arbres séculaires qui forment la double bordure du Pré-aux-Clercs. L'un d'eux paraît faire sentinelle, la main posée sur la poignée de sa rapière comme s'il craignaît une surprise, l'autre est accroupi et semble creuser activement la terre qu'il vient de dépouiller de son gazon ; l'instrument dont il se sert pour ce singulier travail est sa dague...

Déjà il a creusé profondément et dans un rayon relativement considérable ; il se lève la sueur au front. s'éloigne un peu, compte et recompte les arbres, et revient prendre son travail avec une ardeur toute fébrile.. Il plonge ses deux mains dans le trou béant qu'il vient de faire et cherche... cherche.

Tout-à-coup il se relève et marche droit à celui qui fait évidemment le guet.

Lui saisissant violemment un bras :

— Qu'avez-vous fait de mon coffret ? lui dit-il d'une voix sourde.

— Perdez-vous la raison, messire ? répond l'autre. Pourquoi cette question ?

— Parce que le coffret n'est plus à sa place et que vous seul saviez avec moi où je l'avais enfoui...

— Ce n'est pas possible !

Et les deux hommes, cette fois, se mirent à fouiller de nouveau les abords de l'arbre.

Tout fut inutile : le coffret avait disparu !

— Messire Buridan, fit gravement le compagnon du chercheur — qui paraissait anéanti — alors que toute évidence leur eut démontré l'inutilité d'un plus long travail ; messire Buridan, je vous jure sur mon honneur que depuis l'heure où votre hôtelier m'a donné votre lettre, je n'ai pas approché le Pré-aux-Clercs et je n'ai dit à âme qui vive un seul mot du coffret que nous venons de chercher !

— Oh ! il faudra pourtant que je sache ! fit Buridan, qui reprit en chancelant le chemin par lequel ils étaient venus.

— J'ai intérêt à savoir comme vous, messire... Croyez-vous à ma discrétion et à ma loyauté ?

— Oui, Florestan ; mais je commence à croire aussi à la fatalité !... Nous chercherons ensemble...

— A demain, capitaine...

— Oui, Florestan, au Louvre.

. . . .

Depuis plus d'un an, l'honorable bourgeois Matheï ne vivait plus ; la fatale résolution que sa fille avait prise, lors de l'assassinat de son fiancé, lui occasionnait des transes continuelles, incessantes et il lui paraissait inévitable que les plus grands malheurs ne finissent par le frapper dans la personne de cette enfant aux volontés de laquelle il n'avait pas la force de s'opposer. Il n'ignorait pas que la nouvelle existence de Flora l'exposait à plus d'un danger, et, bien qu'il connût le degré d'énergie, de courage et d'adresse dont elle était douée, il n'en était pas moins effrayé de ce qui pouvait surgir un jour ou l'autre...

Le chagrin qu'il éprouvait de cet état de choses, l'impuissance de ses observations paternelles, l'inébranlable volonté de Flora d'accomplir jusqu'au bout la tâche qu'elle s'était imposée, tout cela avait peu-à-peu miné le moral de Matheï qui, sans être précisément tombé en enfance, n'avait plus guère de vivace que cette double idée fixe, permanente — qui devait désormais le dominer jusqu'à sa dernière heure : — decouvrir la voie que suivait sa fille pour parvenir à venger d'Audigny, afin d'écarter de sa route les épines et les pierres, et connaître les assassins de l'infortuné jeune homme afin de hâter, s'il était possible, le dénouement si ardemment désiré par Flora qui, son but atteint, n'aurait plus de raison de maintenir une situation anormale — hérissée d'obstacles et de dangers pour elle — et qui devait infailliblement, en se prolongeant, tuer son père !

Pour cela, comment faire ? Nicolas Matheï ne sortait pas, ne voyait par conséquent personne, et ce n'était certainement pas dans de courtes promenades qu'il avait coutume de faire chaque matin, soit sur le bord de la Seine, soit au Pré-aux-Clercs, qu'il pouvait être informé des faits et gestes du seigneur Florestan — seule et unique chose qui absorbât son intérêt.

D'un autre coté, jamais Flora ne lui avait dit un mot ni des moyens qu'elle comptait employer pour préparer, pour accomplir sa vengeance, ni des assassins eux-mêmes...

Les connaissait-elle ? Les cherchait-elle encore ? Après plus d'un an de craintes et d'anxiétés douloureuses, telle était la question que s'adressait chaque jour l'ancien marchand lombard. Quand il questionnait sa fille à ce sujet, celle-ci se dérobait affectueusement et de tendres caresses mettaient bientôt fin à ce genre d'entretien sans rien apprendre à ce pauvre père.

Il est vrai que celui-ci était bien connu de Flora. Elle savait que son père était un homme très-bon, mais très-faible ; elle savait qu'il avait été un marchand habile, qu'il était resté honnête, mais que son intelligence et sa sagacité ne dépassaient point certaines limites assez étroites ; elle savait enfin que dans son profond amour pour elle, il eût tout mis en œuvre pour enrayer son chemin ; or, elle fût morte à l'instant, elle fût morte dix fois plutôt que de renoncer à sa vengeance !

L'amour paternel entretenait donc, dans

le cerveau de Nicolas Matheï, une lueur, mais une lueur très-vive ; l'idée fixe dont nous venons de parler le portait donc à concentrer sur un seul point la seule faculté qui restât intacte en lui, et il attendait impatiemment l'occasion d'agir, tout en imitant scrupuleusement la discrète réserve de sa fille et en se tenant à l'affût de toutes les circonstances, de tous les faits qui pourraient l'éclairer.

Flora ne se confiait pas à son père — et nous savons pourquoi — mais elle ne se défiait aucunement de lui ; elle gémissait, en secret, des ravages que le chagrin et les inquiétudes exerçaient sur cette faible organisation, parce qu'elle sentait qu'elle en était la cause ; mais tant que sa vengeance ne serait pas assouvie, il lui était impossible d'y apporter remède autrement que par les soins affectueux dont elle l'entourait dès qu'elle revenait près de lui...

Telle était la situation : Flora ne se défiait pas et Matheï guettait. C'est pourquoi, le jour où le seigneur Florestan était revenu de l'hôtellerie du *Pigeon Blanc*, porteur de la lettre de Buridan, il avait quitté ses vêtements d'homme pour prendre ceux de son sexe, et avait déposé ces vêtements sur les meubles de sa chambre sans prendre la précaution de les mettre sous clef. C'est pourquoi aussi, tandis que sa fille était descendue dans le jardin de la maison, tenant sous son bras le bras frémissant de Luigi, Nicolas Matheï était furtivement entré dans sa chambre, avait activement fouillé l'aumônière encore agrafée au pourpoint, en avait retiré la lettre, l'avait emportée comme une proie, s'était enfermé pour la lire, et s'était empressé de la remettre à sa place en veillant bien à ce que ni pli nouveau dans les vêtements, ni traces de pas sur le parquet de la chambre ne pussent trahir sa venue et son larcin... C'est pourquoi encore, la nuit de ce même jour, pendant que Flora, fatiguée, dormait d'un profond sommeil, Nicolas Matheï, qui s'était comme de coutume retiré de très-bonne heure, avait quitté sans bruit sa maison et s'était rendu au Pré-aux-Clercs, en suivant la Seine et en passant devant l'hôtel de Nesle. Arrivé là, il s'était arrêté devant le quatrième arbre en partant de la Tour de l'Hôtel, s'était baissé, avait gratté la terre avec ses ongles pendant longtemps, et était parvenu, malgré l'obscurité, à découvrir un coffret en fer qu'il avait retiré avec un profond soupir de satisfaction. Il avait comblé le trou qu'il venait de faire, l'avait recouvert de gazon et avait emporté le coffret chez lui où il s'était empressé de le mettre à l'abri de toute recherche, comme il eût pu faire du trésor le plus précieux !... Puis, il s'était remis au lit, se disant tout bas :

Quand le roi viendra-t-il ?

CHAPITRE VI

OÙ L'ON VOIT QUE LE SEIGNEUR FLORESTAN TENAIT BEAUCOUP A ÊTRE BIEN EN COUR ET OÙ L'ON RECONNAÎT A QUOI SERVENT, EN GÉNÉRAL, LES ÉMEUTES POPULAIRES.

La nuit avait été fort agitée pour la reine de Navarre et pour ses cousines, Blanche et Jeanne de Bourgogne. Une *réception intime* à la tour de Nesle avait nécessité, le lendemain matin, la suppression du lever officiel, de sorte que les nombreux courtisans qui, chaque jour, encombraient l'antichambre de la reine avaient attendu vainement, ce jour-là, le baise-main habituel...

En revanche, la Seine avait charrié trois cadavres d'écoliers — de beaux et tout jeunes gens — et les écoles, la bourgeoisie et le peuple parcouraient les environs de l'Hôtel de Nesle en demandant justice et en vociférant contre les assassins et contre ce qu'ils appelaient hautement la complicité du Prévot qui ne faisait rien pour les punir...

Mais s'il n'y avait pas eu de grand lever, la cour recevait en petit comité. Il était deux heures de relevée, et les trois nobles cousines, fort décolletées, selon l'usage, étaient assises autour d'une table oblongue — dans l'une des grandes salles du Louvre — ayant à leurs côtés quelques brillants seigneurs — papillons efféminés fréquentant bien plus volontiers les ruelles que les champs de bataille — tandis que dans la salle quelques mûrs serviteurs de la royauté discouraient gravement sur les affaires publiques — qui étaient bien plutôt celles du Roi que celles du pays.

. . . .

— Quelqu'un parmi vous, messire, disait la Reine de Navarre, pourraît-il nous donner des nouvelles du capitaine Buridan ?

— Point que nous sachions, Madame, répondirent deux ou trois jeunes courtisans.

— Il devait aujourd'hui même nous présenter un gentilhomme italien.

— Ce gentilhomme est-il jeune ? demanda la princesse Jeanne.

— Le capitaine Buridan m'a dit que son protégé — qui est son ami — a tout l'air d'un jouvenceau, mais qu'il a la bravoure et l'énergie de l'homme le plus énergique et le plus brave...

— Et... il est beau ? demanda à son tour la princesse Blanche.

A ce moment un page annonça :

— Messire le capitaine Buridan ! Messire Florestan !

Et le capitaine, passant devant le page introducteur, s'avança vers la table, suivi de son jeune ami dont la bonne mine et la grâce étaient véritablement remarquables.

— Madame la Reine, dit Buridan, mon ami et moi nous sommes tout à votre service.

Et il s'inclina profondément devant Marguerite de Bourgogne.

Le seigneur Florestan, lui, mit un genou en terre, et baisant fort galamment la main que lui présentait la régente, il murmura plutôt qu'il ne prononça ces mots :

— J'ai voulu voir la plus belle des reines et lui faire hommage de mon repectueux dévouement !

— Nous l'acceptons, messire, fit la Reine en se penchant un peu, comme pour n'être entendu que de Florestan, et en l'invitant du geste à s'asseoir entre elle et la princesse Jeanne.

Après quelques banalités de circonstance,

Marguerite de Bourgogne se leva, donnant ainsi le signal de la liberté à son entourage.

La régente n'entendait pas, en agissant ainsi, congédier les visiteurs, mais cela signifiait que chacun était libre de choisir son interlocuteur et de quitter la salle ou d'y demeurer — à son gré.

Des groupes se formèrent donc aussitôt, selon les sympathies particulières, et la conversation — qui avait été d'abord à peu près générale — se changea en causeries intimes suivant les goûts des causeurs ou les besoins du moment. Ainsi, le contrôleur général des finances recevait la requête de plusieurs seigneurs relativement à des emplois devenus vacants et qu'ils désiraient obtenir soit pour eux, soit pour quelque protégé. D'un autre côté, les fortes têtes de la cour discutaient sur la campagne entreprise récemment en Flandre par le roi Philippe-le-Bel ; d'autres s'occupaient du voyage du roi de Navarre, Louis-le-Hutin, dans la Picardie et en Bourgogne. Enfin, dans le groupe formé par la régente, ses deux cousines, Buridan et le seigneur Florestan, on assaillait ce dernier de questions. On voulait savoir de lui-même tout ce que son ami le capitaine n'en avait pas encore dit...

— C'est en Italie, messire, lui demandait la régente, que vous avez connu le capitaine Buridan ?

— Oui, Madame... à Florence.

— Et dans une occasion, intervint le capitaine, où ma vie courait grand risque. .

— Racontez-nous donc cela, messire ? demanda la princesse Jeanne.

— Volontiers, Madame... Je sortais de certain palais où certaine patricienne avait eu pour moi quelques bontés...

— Ce n'est pas rare en Italie, dit-on, fit la princesse Blanche.

– C'est vrai, Madame...

— Heureux pays ! soupira la régente.

— Il était fort tard, continua le capitaine. Les rues étaient désertes et l'état incomparable du ciel d'Italie éclairait seul mon chemin. J'allais arriver à la porte de mon hôtellerie, rêvant à la France, à mes jeunes années, peut-être bien aussi à quelque ancien souvenir d'amour, lorsque je fus tout-à-coup, brusquement et violemment attaqué par trois hommes, assurément postés à mon intention par quelque mari jaloux et ne voulant pas s'occuper lui-même de ses propres affaires... Je jouai de la rapière du mieux qu'il me fut possible ; mais qu'eus-je pu faire, seul contre trois bravis très-experts en escrime ? J'avais déja senti le froid du fer, j'allais infailliblement succomber, lorsque survint un ouragan, sous la forme d'un tout jeune cavalier qui, l'épée haute, se mit à charger mes assaillants avec une telle furie que j'en fus bientôt débarrassé. Doux mordirent la poussière, le troisième court encore... L'ouragan sauveur, c'était le seigneur Florestan !...

— Vous oubliez, capitaine, dans votre ré : cit trop flatteur pour moi, vous oubliez de dire que blessé dans la bagarre, perdant connaissance par suite du sang que je répandais, je pouvais, moi aussi, courir un sérieux danger, si vous ne m'aviez chargé sur vos épaules ou porté dans vos bras jusqu'à votre hôtellerie, où vous m'avez soigné avec la science d'un mire... Je crois, capitaine, que nous sommes quittes et que l'un de nous ne peut guère exprimer sa reconnaissance envers l'autre sans lui donner le droit de protester...

Buridan ne répondit qu'en souriant et en pressant la main de son jeune ami.

— Il est charmant, dit en *a parte* Jeanne à Blanche : brave et modeste à la fois...

— Et comme il est beau ! répondit Blanche... N'étaient les éclairs de son regard, on dirait une femme !

— Il en a la voix et les mains...

— Point de moustaches...

— Le duvet brun qui orne sa lèvre lui sied à ravir...

— Je comprends, messires, dit alors la régente, l'intimité qui vous unit. Et... quel train menez-vous à Paris, seigneur Florestan ?

— Bien modeste, Madame, et comme il convient à un gentilhomme qui n'a guère que la cape et l'épée... Je vis seul, à l'hôtellerie, avec un page qui m'est dévoué cœur et âme.

— Vous savez donc vous faire aimer de tout ce qui vous approche ?

— Ah ! Madame, dit Buridan, le page du seigneur Florestan n'a point son pareil !

— Comment l'entendez-vous, capitaine ?

— Je veux dire, Madame, que non-seulement il est beau, mais il est rempli de distinction, brave comme son maître et grave comme s'il n'était pas encore presque un enfant...

— Et... cette merveille vous suit partout, messire ?

— Jusqu'au Louvre, Madame...

— Il est venu avec vous ?

— Oui, Madame..., il m'attend.

— Et son dévouement, son attachement pour mon jeune ami a pour cause l'une des plus belles actions dont un homme puisse s'enorgueillir.

— Ah ! capitaine, épargnez-moi, je vous prie !

— Quand notre gracieuse régente vous connaîtra bien, cher Florestan, elle me remerciera, j'en suis sûr, de vous avoir présenté au Louvre...

— Et d'abord, seigneur Florestan, dit Marguerite, faites venir votre page ; nous désirons le voir...

— Tant de bonté, Madame!...

— Puis, le capitaine Buridan nous racontera votre belle action... Nous voulons savoir tout ce qui vous concerne.

Et sur un signe de la régente, le page de service à la porte de la salle alla chercher Luigi qui, sans aucun embarras, s'approcha bientôt du groupe où se trouvait son maître, s'inclina profondément et attendit, dans une attitude respectueuse et digne, qu'on lui fit l'honneur de lui parler...

— Depuis combien de temps êtes-vous au service du seigneur Florestan ? lui demanda Marguerite.

— Me sera-t-il permis, Madame, avant

de répondre, de demander quelle est, parmi vous, Mesdames, la Reine de Navarre, actuellement régente de France ?

— C'est moi... Pourquoi demandez-vous cela ?

— C'est, Madame la Reine, fit Luigi en mettant un genou en terre, pour vous supplier de vouloir bien voir en moi, chétif, votre plus humble sujet !

— Comment vous nommez-vous ?

— Luigi, Madame.

— Relevez-vous, Luigi, et soyez assuré du plaisir que nous avons à vous voir, votre maître et vous... Voulez-vous, maintenant, répondre à notre première question ?

— Madame, j'appartiens depuis une année au seigneur Florestan.

— Capitaine, faites-nous donc le récit que vous nous avez promis tout à l'heure ?

— C'est simple, Madame, comme tout ce qui est vraiment beau...

— Voyons...

— Il y a en Italie, Madame, beaucoup de gentilshommes sans fortune. Tant que leur épée est tenue par une main encore vigoureuse, ils vivent, eux et leur famille, soutenus par ceux au service desquels ils se sont mis; mais quand l'âge vient courber leur corps et affaiblir leurs bras, tout leur manque, sauf une médiocrité nécessiteuse — si ce n'est la misère et son cortége de privations. — Le père de Luigi était un de ces derniers gentilshommes et il est mort, ne laissant à son fils que d'inutiles parchemins !... Le seigneur Florestan, qui n'est point seulement un fier cœur et une vigoureuse épée, a souvent secouru de ses deniers la famille de Luigi; il a pourvu à l'éducation de celui-ci et, finalement, se l'est attaché pour en faire un homme et lui ouvrir le chemin de l'avenir... Que Luigi lui-même me démente si je ne dis pas vrai !

— Je dois tout à mon maître ! fit Luigi, en saisissant une main de Florestan et en la baisant religieusement.

Ici encore, les princesses Blanche et Jeanne se parlèrent à la dérobée.

— Du maître ou du page, dit Jeanne à sa sœur, lequel choisirais-tu pour une nuit à la Tour de Nesle ?

— Ils sont également beaux, ils sont jeunes tous deux... tous deux sont adorables... Je ne sais pas...

— Je les voudrais tous les deux, fit Blanche.

— Moi aussi !

La reine de Navarre tendit gracieusement la main à Florestan.

— Comme il faut, dit-elle, récompenser

le mérite et les bonnes actions partout où l'on est assez heureux pour les rencontrer, voici, seigueur Florestan, notre royale main à baiser... et voici pour vous Luigi...

Et tandis que Florestan s'inclinait sur la main de la régente, celle-ci s'approchait du jeune page qui rougissait, et, devant tous, l'embrassait au front en lui disant à l'oreille :

— Vous êtes un bien bel enfant !

Puis elle ajouta tout haut :

— Je vous remercie, capitaine Buridan, de la présentation que vous venez de nous faire... Il en est peu d'aussi agréable... J'espère que messire Florestan nous fera le plaisir de venir souvent au Louvre...

— Vous daignez me combler, Madame !

— Je désire aussi que votre charmant page vous accompagne... Il a, comme vous, messire, ses entrées partout où nous serons... Demain vous le savez sans doute, la cour sort en cérémonie. J'attends de vous tous, messires, que vous ferez partie de notre cortége.

. . . .

Peu après, Buridan et son jeune ami s'arrêtaient à la porte de l'hôtellerie du *Pigeon Blanc*...

— Vous me faites faire tout ce que vous voulez, Florestan... Quelle comédie j'ai jouée au Louvre !

— Je vous remercie, cher capitaine, de cette preuve de votre amitié... Vous n'ignorez pas que, de mon côté, je serai, au besoin, à votre disposition...

— Avez-vous vu que Marguerite a embrassé Luigi ?... Si elle avait su !

— Ce baiser-là, capitaine, m'a fait froid au cœur... Elle n'est pas digne de mettre ses lèvres souillées sur un front pur comme celui de Luigi !

— Allons, mon ami, à demain. N'oubliez pas de venir avant l'heure de la cérémonie... Les armures sont prêtes et si Dieu nous aide, elles avanceront de beaucoup nos affaires.

— J'y compte, cher capitaine.

Les deux amis se serrèrent la main et se quittèrent.

Luigi, qui jusqu'alors s'était tenu à distance, s'approcha de son maître et tous deux s'acheminèrent côte à côte vers la maison du lombard Matheï où, à peine entré, Flora fit demander à son père un moment d'entretien.

. . . .

— Mon père, dit Flora — quand elle fut seule avec le vieillard — je viens solliciter de votre tendresse pour moi, un grand, un immense sacrifice.

— Chère enfant, est-ce encore de l'or

qu'il te faut ? Tu sais que tout ce que je possède est à toi, à toi seule ?

— Ce n'est pas un sacrifice d'argent, père... quoique avant peu, sans doute, j'aurai à vous en demander beaucoup...

— Qu'est-ce donc ?

— Je viens vous prier de quitter... au moins pour quelque temps... cette maison...

— Quitter cette maison !... La maison où tu es née, où ta pauvre mère est morte, où j'ai connu la plus grande douleur et les plus grandes joies de ma vie !... Ce n'est pas possible, ma Flora !...

— C'est indispensable, père... Je vais toucher enfin au but que je poursuis depuis si longtemps !... Le moment approche où mon époux, Henri d'Audigny, sera vengé... mais il ne faut pas que l'on sache où nous nous abritons, vous et moi; il ne faut pas que l'on sache que je suis la fille du lombard Matheï, et, pour cela, il faut que le lombard Matheï disparaisse... momentanément... Ma vengeance une fois satisfaite, je serai la première, croyez-le bien, cher et vénéré père, à vous ramener dans cette maison où l'ombre de ma mère nous attendra.

— Mais en restant ici, bien-aimée fille, tu courerais donc des dangers?

— C'est probable, père, et vous-même vous ne seriez certainement pas en sûreté...

— Que veux-tu donc que je fasse?

— Je désire, pour notre sécurité à tous deux, que nous allions habiter cette petite et délicieuse maison des bords de la Seine dont je vous ai déjà parlé... C'est à deux lieues de Paris seulement... Avec une bonne litière vous y serez en moins d'une heure et nous ne nous quitterons presque plus...

— Flora, ma chère enfant, dis-moi la vérité : tu connais donc, à présent, les assassins de ton fiancé ?

— Oui, père.

— Et tu crois tenir ta vengeance ?

— Oui !

Et dans ce seul mot il y avait une telle énergie de haine, il était accompagné de regards si sombres que le pauvre vieillard en fut profondément troublé...

— Et, reprit-il d'une voix tremblante, tu penses qu'il importe à la réussite de tes projets que je quitte Paris ?

— Oui.

— On me connaît donc ? On sait donc que je suis ton père ?

— Je vous ai dit que non ; mais je veux, je dois prendre toutes les mesures que dicte la plus simple prudence pour le cas où mes actes provoqueraient des recherches sur ma personnalité ou sur ma famille...

— C'est juste, chère Flora, et je ne puis que t'approuver; mais, dis-moi, ne puis-je enfin savoir ce que tu fais, quels moyens tu emploies pour parvenir à tes fins et... quelles sont les... personnes que tu poursuis ?

— Impossible, cher père... Mon succès dépend uniquement de ma discrétion... Mais il faut me pardonner en vous disant chaque jour, à toute heure, que votre Flora ne manquera jamais de prudence parce qu'elle aime, parce qu'elle vénère son père et que son plus ardent désir est de hâter l'heure de sa vengeance afin de revenir près de lui pour ne le plus quitter !

— Est-ce vrai, cela, enfant ?

— Oh ! père, pourquoi le demander ?

Elle s'était assise sur les genoux du vieillard; elle avait passé les bras autour de son cou et elle couvrait de baisers son visage que des larmes sillonnaient au milieu d'un sourire.

Le père était vaincu encore !

— Quand partons-nous ? demandait-il entre deux caresses.

— Dans une heure, père. J'ai donné des ordres pour le transport de nos principaux meubles.

. . . .

Luigi était enchanté de ce nouveau changement de domicile. Il espérait que là-bas, dans ce nid de verdure et de fleurs, il serait plus souvent qu'à Paris seul auprès de Flora, et, tout entier à l'immense amour qui dévorait chaque jour un lambeau de son jeune cœur, il entrevoyait — vaguement il est vrai — la possibilité de le faire partager, car Flora se montrait de plus en plus affectueuse avec lui... qui ne vivait assurément que pour elle et par elle !...

Hélas ! comme on est naïf, comme l'espérance a de force quand on est jeune et que l'amour est tout rayonnements et tout rêves !

. . . .

Vers le soir du jour de l'installation dans cette charmante retraite que le lecteur connaît déjà; profitant de ce que Flora est descendue seule au jardin afin de réfléchir, sans préoccupations importunes, aux évènements que son implacable volonté prépare et qui se déroulent sans efforts dans sa pensée vengeresse, Nicolas Matheï invite paternellement Luigi à le suivre dans sa chambre — la même qu'Orsini occupait naguère — et quand il est seul, bien seul avec le jeune homme surpris, il lui pose brusquement cette question :

— Luigi, quelle est la nature de vos sentiments pour ma fille ?

Luigi rougit prodigieusement et balbutia ces mots ;

— Je ne vous comprends pas bien, cher bienfaiteur...

— Vous avez une affection profonde pour Flora, mon enfant ? Vous lui êtes dévoué ?

— Je l'aime plus qu'un fils aime sa mère; je l'aime comme on doit aimer Dieu, et la reconnaissance me lie à elle bien plus que le devoir aveugle de l'esclave ne le lie à son maître !

— Alors, si un danger extrême, si un danger de mort la menaçait...

— Ah ! interrompit vivement le jeune homme en devenant pâle comme un cadavre, pour l'en préserver j'accomplirais des miracles !

— En ce cas, et dans l'intérêt même de Flora bien mieux que pour mon repos, je vous prie de me jurer, sur la tête de cette adorée fille — tout ce qui me reste de bonheur dans ma vieillesse — que vous ne direz jamais ni à elle ni à d'autres ce que j'ai à vous demander ?

— Je vous le jure, maître Matheï !

— Vous savez que le roi de Navarre, Louis-le-Hutin, est absent de Paris ?

— Oui, maître... mais quel rapport peut-il y avoir... ?

— Attendez-donc, Luigi. Me jurez-vous aussi de me prévenir, moi seul, dès que vous connaîtrez le retour du roi de Navarre à Paris ?

— Sur la tête de votre fille, maître, je vous le jure !

— C'est tout ce que je voulais, Luigi. Allez, vous êtes un brave garçon vraiment digne de l'intérêt que vous nous inspirez, à ma fille et à moi.

. . . .

D'un côté, encombrant la berge de la rive droite de la Seine et les petites rues qui avoisinent le Louvre, une immense cohue, composée de bourgeois — en minorité — d'écoliers et de menu peuple; en tête des colonnes populaires on remarque des hommes de tout âge, portant genéralement la longue robe, la longue barbe et le long et formidable bourdon des pèlerins — gens sans aveu et sans ressources ayant fait la dernière croisade et s'étant abattus sur Paris pour s'y livrer à tous les excès. On les savait à la solde de qui voulait acheter leurs services; on les voyait parfois se signer dévotement en tendant la main et briser sans vergogne le crâne de ceux qui osaient leur refuser l'aumône; on les avait vu livrer bataille aux gens d'armes et rosser le guet pour fouler librement sous leurs sandales le pavé du roi ! Ils se savaient craints et méprisés et ne s'en montraient pas moins audacieux ! Toute cette foule, se heurtant, se bousculant, ondulant comme une mer que le vent du large soulève en houles profondes, gesticulait en criant à l'envi les uns des autres :

— A bas le Prévôt ! A bas les muguets de cour ! Nous voulons les assassins de la Tour de Nesle !... Encore trois cadavres que la Seine a rendus ce matin ! Où sont les assassins ?... Justice !... Justice !... Plus de fausse monnaie !... Qu'on nous donne la tête du contrôleur des finances !...

D'un autre côté, faisant face à cette foule — qui débouchait par dix artères différentes — un brillant et splendide cortége quittait le Louvre, chamarré de velours, de pierres précieuses et d'or, se dirigeant lentement, d'un pas cérémonieux et grave, vers la rue Froidmentel qu'il devait prendre pour aller à l'abbaye des Augustins où, comme on sait, avait lieu, ce jour-là, l'installation d'un nouvel abbé.

Au centre de ce cortége se balançait orgueilleusement la charpente dorée d'une riche litière aux panaches fleurdelisés et traînée par deux superbes mules blanches.

Trois femmes étaient dans cette litière, toutes trois vêtues comme pour un bal de cour — c'est-à-dire les bras et la gorge au vent — et l'une d'elle portant, attaché sur ses épaules par des agrafes en diamant, un long manteau de velours bleu bordé d'hermine...

Cette dernière était Marguerite de Bourgogne, reine de Navarre et régente de France; les deux autres étaient les princesses Blanche et Jeanne — cousines et belles-sœurs de la régente.

Une foule de seigneurs aux riches costumes, de chevaliers armés de toutes pièces, d'écuyers et de pages composaient le cortége qu'entouraient de toutes parts des compagnies d'archers, de hallebardiers, de lansquenets et de gens d'armes...

. . . .

De tout temps, à toutes les époques, le pouvoir souverain ne s'est montré en public qu'entouré, *protégé* par le formidable appareil de la force brutale !... Il semble vraiment, à voir le luxe de précautions préservatrices dont il s'est toujours servi, que cette grande force morale : l'amour et le respect des sujets, lui a toujours fait défaut.

Si cela est vrai — et nous n'avons nullement l'intention de le nier — à qui la faute? Ne serait-ce point que le principe d'autorité a été constamment faussé et dans sa base et dans son exercice ?

. . . .

Tel était l'aspect que présentaient les abords du Louvre où commençait la cérémonie annoncée par Buridan aux farouches *pastoureaux* réunis dans les ruines des Tuileries et, la veille même, par la régente aux courtisans qui l'entouraient.

Les regards de Marguerite et de ses cousines cherchaient avidement, dans cette multitude de seigneurs et de gentilshommes dont elles étaient escortées, nos trois amis Buridan, Florestan et Luigi. Malgré l'invitation formelle qui leur avait été faite et à laquelle ils avaient répondu, nous le savons, par une acceptation unanime, ils n'avaient pas encore paru. Quel motif les tenait donc éloignés en ce moment ? Leur inexplicable abstention assombrissait le front des trois princesses — qui s'étaient fait une véritable joie de les revoir et de leur témoigner hautement la préférence dont ils étaient déjà l'objet de leur part... Quelle déception pour elles qui s'étaient promis de fêter à leur manière — c'est-à-dire le plus galamment du monde,—les trois nouveaux adeptes !

. . . .

Aux cris, aux clameurs insultantes dont fut salué le cortége à sa sortie du Louvre, les officiers qui en dirigeaient la marche avaient lancé en avant une troupe nombreuse de hallebardiers qui s'étaient rués sur celle des colonnes populaires qui obstruait l'entrée de la rue Froidmentel — par où le cortége devait passer — et avaient bientôt dégagé la voie; mais tandis que ce mouvement s'opérait, le flanc droit du cortége était assailli à son tour par la légion des pastoureaux et des écoliers qui tenaient la rive droite de la Seine, de sorte qu'il fallut, pour repousser cette attaque, lui opposer les lansquenets et les archers...Sur ce point, une véritable bataille s'engagea, car les pastoureaux, habitués de longue main à ces sortes de conflits, faisaient un terrible usage de leurs bâtons, et, de leur côté, les écoliers, agiles et téméraires, maniaient la dague avec la plus dangereuse dextérité.

Cependant, sous les charges répétées des archers et des lansquenets, la foule fléchissait; tout en combattant, elle se repliait, attirant ainsi à sa suite les protecteurs de l'autorité royale... Ce mouvement de retraite s'opérait même avec un ensemble et une lenteur qui semblaient accuser un mot d'ordre ou la tactique d'un chef invisible, car arrivés au pont des Tournelles, les pastoureaux et les écoliers se rencontrèrent avec le gros des combattants de la rue Froidmentel qui, eux aussi, reculaient devant les hallebardiers et se dirigeaient vers la rive gauche de la Seine, en ne cessant de faire usage de la fronde, du bâton et de la dague...

Les deux colonnes se fusionnèrent et firent mine, un instant, de s'arrêter pour défendre le passage du pont aux poursuivants ; mais ceux-ci, subitement soutenus par une compagnie de gens d'armes — à cheval et couverts de fer — renouvelèrent l'attaque avec une telle impétuosité que pastoureaux, écoliers, bourgeois et manants ne purent soutenir le choc et furent refoulés, laissant un grand nombre des leurs sur le pont et dans la Seine, jusqu'au Pré-aux-Clercs.

Mais alors tout changea de face : la multitude insurgée s'ouvrit, laissant pénétrer jusque dans son centre les compagnies de hallebardiers, d'archers, de lansquenets et de gens d'armes; puis se refermant soudain, elle se rua avec furie, accablant de coups mortels les soldats royaux — faisant eux-mêmes rude et sanglante besogne — et menaçant de les écraser sous le propre poids de ses masses profondes et hurlantes.

Le spectacle était terrible ! Des grappes d'hommes se tordant, se déchirant, s'entretuant dans un pêle-mêle hideux,tombaient avec des cris de douleur et de rage, entraînant dans leur chute ceux-là mêmes qui les avaient frappés ; les chevaux bondissaient au milieu de ces fouillis humains, écrasant sous eux peuple et soldats — enlacés par une furieuse étreinte — quand la large lame d'un coutelas leur ouvrait le ventre...

Je vous dis que c'était terrible !... Et pendant que cette affreuse tuerie ensanglantait l'herbe du Pré-aux-Clercs, le cortége royal entrait à l'abbaye des Augustins et recevait hypocritement les félicitations et les bénédictions du nouvel abbé !...

O dérision ! ô mensonge !

. . . .

Le carnage continuait avec des chances diverses pour les deux partis; mais des cris de triomphe se faisaient entendre parmi le peuple... En effet, les troupes royales, littéralement écrasées par le nombre, complètement entourées, devaient infailliblement succomber jusqu'au dernier homme — malgré les plus héroïques efforts. Le sol était jonché de cadavres mutilés et de mourants... Tout paraissait être perdu pour les malheureux mercenaires qui avaient voulu — par ordre — étouffer la colère du peuple !...

Tout à coup, trois cavaliers bardés de fer — eux et leurs chevaux — font irruption sur le champ de bataille. Armés de longues rapières, heaume en tête et visière baissée, ils s'élancent avec une vertigineuse rapidité, renversant tout sur leur passage, faisant une large trouée dans les masses populaires, et, aux cris répétés de « Montjoie ! Saint-Denis ! Vive le Roi ! » changent en un moment la face des choses. Electrisées par la venue de ce secours inattendu, émerveillées par le choc irrésistible de cet ouragan qui leur vient si à propos en aide, les troupes royales reprennent courage et parviennent à sortir enfin de ce cercle vivant qui avait failli les anéantir ! Elles se reforment en colonnes serrées et gens d'armes, lansquenets, hallebardiers — flanqués des archers qui peuvent de nouveau faire pleuvoir leurs flèches — tous s'élancent, refoulant devant eux les colonnes populaires frappées d'effroi...

A la tête des troupes se font remarquer les trois cavaliers qui viennent d'opérer ce prodige; l'un d'eux, surtout, accomplit des miracles de bravoure et d'audace. Il a une haute taille et donne des ordres, tout en combattant, avec un accent d'autorité que chacun subit avec la plus entière soumission. Les plus vieux officiers, bien qu'ils ne connaissent nullement ce nouveau chef, s'empressent de lui obéir parce qu'ils voient, parce qu'ils comprennent que de lui vient le salut...

En moins d'un quart d'heure, le Pré-aux-Clercs est balayé et les émeutiers, découragés, terrifiés, laissant derrière eux une longue traînée de morts et de blessés, cèdent le terrain et se débandent.

. . . .

Le pouvoir souverain est vengé de l'insulte que le peuple a osé lui faire !... L'autorité royale est intacte et ne tardera pas à se faire sentir par de nouvelles rigueurs et par de nouvelles exactions !

Heureuse époque !... Les populations, taillables et corvéables à merci, n'avaient point le droit de se plaindre et de revendiquer leur part du soleil de la liberté!... Victimes des plus hideuses passions, elles ne pouvaient demander justice !

. . . .

Quand la bataille fut finie, quand la victoire des troupes royales eut été assurée, les trois cavaliers sauveurs se séparèrent pour ne point attirer l'attention, et prenant chacun une direction différente, ils disparurent dans le dédale des petites rues de la rive droite — après avoir franchi au galop le pont des Tournelles.

. . . .

Moins d'un quart d'heure après la bataille que nous venons d'esquisser, le capitaine Buridan rentrait chez lui et se débarrassait de l'armure qui venait de le dérober aux regards et sous laquelle il avait, au Pré-aux-Clercs, assuré le salut du pouvoir royal, car c'était lui que nous avons vu accourir si opportunément au secours des troupes près de succomber. Ses deux compagnons, on l'a deviné, n'étaient autres que le seigneur Florestan et Luigi. Ceux-ci, d'ailleurs, ne tardèrent pas à entrer, eux aussi, à l'hôtellerie du *Pigeon Blanc* où, dès la veille, ils avaient retenu deux chambres pour leur usage personnel.

. . . .

— Mon cher Luigi, dit Florestan quand tous deux se retrouvèrent chez Buridan, après avoir quitté l'armure que ce dernier leur avait fait endosser une heure auparavant— mon cher Luigi, vous venez de vous comporter comme le plus brave des chevaliers, et s'il ne m'est point permis de vous chausser de l'éperon d'or et de vous donner l'accolade, je puis au moins vous offrir une récompense digne de votre noble cœur...

Le regard de Florestan se fixa un instant sur celui de Buridan. Ce regard eut sans doute pour le capitaine une puissante éloquence, car il devint si pâle et si tremblant qu'on eût dit qu'il allait défaillir...

— Ah ! cher maître, répondit Luigi en baisant la main que Flora lui tendait, quelle récompense puis-je donc désirer ? Je vous ai suivi, j'ai partagé vos dangers, je vous ai protégé autant qu'il a dépendu de moi de le faire... Je n'ai d'autre ambition que de vous servir et de vous être utile !...

— N'avez-vous pas le désir de connaître... votre père ?

— Que dites-vous ? Quoi ! vous pourriez me faire connaître mon père ?

— Luigi, mon page courageux et dévoué, embrassez donc le capitaine Buridan...

Après une longue étreinte :

— Et... ma mère ? demanda le jeune homme.

— Elle est morte ! répondit Florestan.

CHAPITRE VII

OU L'ON VOIT QU'IL SUFFIT D'UNE ÉTINCELLE POUR METTRE LE FEU AUX POUDRES ET QUE LES RENDEZ-VOUS AU PRÉ-AUX-CLERCS N'ÉTAIENT PAS SAINS POUR TOUT LE MONDE.

Il y avait foule au Louvre. On y fêtait, par une réception splendide, la victoire remportée la veille par la royauté sur le mécontentement populaire. La reine de Navarre, à qui tous les détails de la bataille avaient été racontés, avait voulu connaître les libérateurs du pouvoir absolu, et le capitaine Buridan, le seigneur Florestan et le page Luigi étaient là, choyés, adulés par les courtisans comme des astres sortant de l'ombre et dont la faveur naissante pouvait être fructueusement exploitée.

La reine et les princesses les comblaient d'attentions et chacun les enviait — tout en faisant chorus — parce qu'ils étaient évidemment les favoris du jour.

. . . .

Voilà bien les hommes, avec leurs lâchetés ! Ils caressent avec empressement ceux que le hasard des événements ou leur propre habileté a portés au pouvoir, tandis qu'ils sont mordus par le serpent de l'envie. Ils caressent parce que leur intérêt les y sollicite et ils voudraient — quelquefois au prix d'un crime — abaisser ou anéantir!

. . . .

Buridan rayonnait : la régente s'était emparée de lui, et, tout en lançant sur Luigi des regards enflammés, elle lui affirmait que la puissance du seigneur Enguerrand de Marigny n'avait plus que le souffle; que, pour sauver les apparences, elle le supporterait encore pendant quelques jours, mais que lui, Buridan, pouvait se considérer, dès ce moment, comme son successeur...

Jeanne de Bourgogne avait attiré près d'elle Florestan et ne lui cachait pas l'impression que sa beauté produisait.. Celui-ci tout en jouant son rôle à merveille, ne se livrait pas et se gardait bien de sortir des limites d'un abandon aimable mais plein de respect : « il ne pouvait oublier la distance qui le séparait d'une femme d'un aussi haut rang.»

Quant à Luigi — dont la jeunesse et la distinction native étaient une grande séduction, — il avait été accaparé par un cénacle de belles dames que présidait la princesse Blanche, et, selon les us et coutumes de cette cour dissolue, on posait au page très-embarrassé force questions plus hardies les unes que les autres et auxquelles il ne répondait qu'en balbutiant et la rougeur au front.

Son embarras même était une grâce, et ces dames étaient si enchantées que sans l'étiquette qui, ce jour-là, devait être à peu près observée, sans la foule qui emplissait les salles du Louvre, nous ne savons vraiment jusqu'où serait allée l'indiscrète curiosité du cénacle et, surtout, de sa présidente.

. . . .

Parmi cette nombreuse et brillante assemblée, trois hommes ne partageaient pas la joie générale; ils étaient songeurs, soucieux et ils ne perdaient de vue aucun de nos trois amis.

Pourquoi donc ?

C'est que ces trois hommes, jeunes, beaux, bien faits, étaient les amis intimes des trois princesses de Bourgogne; c'est que pour ces trois hommes, si la Tour de Nesle s'ouvrait parfois, les assassins n'étaient point convoqués.

Ils étaient d'ailleurs de grandes maisons; ils avaient des charges publiques et l'on ne pouvait, en conscience, les traiter comme les écoliers et les gentilshommes inconnus que le caprice faisait racoler. Et puis, si les sens des trois messalines bourguignonnes avaient l'affreux besoin de se vautrer dans les sanglantes orgies que les parisiens soupçonnaient, il fallait bien aussi, à ces créatures, les satisfactions du cœur; les trois jeunes gens soucieux et songeurs étaient les élus du boudoir !

Le premier d'entre eux, le plus haut placé dans la hiérarchie militaire et dans la faveur royale, était le capitaine des gardes de la reine Marguerite, ce jeune Gauthier d'Aulnoi que nous avons vu demandant courtoisement l'épée de Buridan et conduisant le capitaine au Châtelet.

Le second était le préféré de la princesse Jeanne et commandait une compagnie de lansquenets; il se nommait Gaston de Bury et avait fort grand air.

Le troisième enfin, Raoul de Fresnel, plus jeune que les deux autres, était officier en sous ordre dans les gardes et régnait despotiquement sur le cœur de Blanche de Bourgogne.

. . . .

Les trois favoris avaient passé ensemble plus d'une nuit à la Tour de Nesle, et ils étaient prêts à donner le plus énergique démenti à ceux qui leur auraient affirmé que leurs maîtresses les trompaient en se jetant sans vergogne dans les bras du premier venu, et qu'elles cachaient leurs monstrueuses fantaisies sous le manteau de l'assassinat.

Il est vrai qu'aucune de leurs victimes n'était ressuscitée pour montrer ses plaies béantes et livides, et pour les démasquer en faisant connaitre publiquement l'affreuse vérité !

Deux personnes seules savaient tout... Buridan, qui, connaissant la nature passionnée et toujours inassouvie de son ancienne amante, avait deviné ce que signifiaient ces cadavres de jeunes hommes rejetés presque chaque matin par la Seine, et qui, de plus, avait vu, un soir, après le couvre-feu, les trois princesses s'embarquer devant le Louvre et traverser le fleuve dans la direction du sinistre donjon; puis le seigneur Florestan qui, nous le savons, avait reçu les confidences du capitaine et celles d'Orsini. Mais ces deux personnes avaient un intérêt personnel et puissant à se taire : Buridan avait aimé Marguerite; il l'aimait encore et il espérait arriver, par sa propre élévation, à la sauver de l'abîme vers lequel elle courait, et, en même temps, à doter son pays d'institutions politiques honnêtes et selon les besoins du peuple. — C'était assez, assurément, pour l'engager à la plus sérieuse réserve et au mutisme le plus absolu. Quant à Florestan, son désir de se venger lui-même répondait suffisamment de son silence.

Nous ne parlons pas des assassins mercenaires à la solde de l'honorable Franceschi. D'abord, ils étaient bien payés et ils n'ignoraient point qu'il y avait toujours, au besoin, pour gens de leur sorte, certaine machine fort connue sous le nom de potence.

. . . .

Mais revenons au Louvre...

Les trois jeunes gens soucieux dont nous vous parlions tout-à-l'heure voyaient avec grand dépit monter les flots de la faveur royale autour de nos amis Buridan, Florestan et Luigi. Leurs regards jaloux les suivaient avec une obstination presque insultante, et il était facile de voir, à leur attitude, qu'une simple étincelle devait suffire pour allumer la guerre entre eux et ceux qu'ils considéraient déjà, instinctivement, comme leurs ennemis.

Cette étincelle ne devait pas tarder à jaillir...

Le moment vint où l'assemblée des seigneurs et courtisans, des dames et damoiselles dut se séparer. Retenus par la Reine de Navarre et par les princesses ses cousines, nos trois amis se retirèrent des derniers. En descendant le grand escalier du Louvre, Florestan se trouva face à face avec Gauthier d'Aulnoi qui, accompagné de Gaston de Bury et de Raoul de Fresnel, semblait attendre quelqu'un. Florestan le regarda fixement, puis, retirant l'un de ses gants, il le lui jeta à la figure, en lui disant rapidement :

— Messire d'Aulnoi, si vous n'êtes pas un lâche, vous me le rendrez demain, à la première heure, au Pré-aux-Clercs.

Stupéfaits de cette injure, à laquelle rien absolument ne les avait préparés, ceux qui en étaient témoins s'entreregardèrent un instant sans mot dire; mais Gauthier, rouge de colère, fit un bond vers Florestan et leva la main. Le bras de Buridan l'arrêta heureusement, car déjà la rapière de son jeune ami sortait de son fourreau.

Le capitaine des gardes, faisant un violent effort sur lui-même, se contenta de ramasser le gant, et, le montrant à son adversaire, il lui dit en serrant les dents :

— Je vous le clouerai demain sur la poitrine avec la lame de mon épée !. . . Au Pré-aux-Clercs, soit !

— Nous y serons tous ! firent d'une seule voix les quatre témoins.

. . . .

Le jeune cœur de Luigi battait à rompre son enveloppe !

. . . .

Moins d'une heure après cette étrange

provocation, Florestan et Buridan étaient seuls, dans la chambre de ce dernier, à l'hôtellerie du *Pigeon Blanc*.

— Voyons, mon ami, disait le capitaine, pourquoi avez-vous insulté gratuitement messire Gauthier d'Aulnoi ?

— Cher capitaine, écoutez-moi bien : — Je veux venger, vous le savez, le meurtre de mon malheureux ami... Pour cela, il faut que Marguerite de Bourgogne soit frappée non-seulement dans sa personne — ce qui ne tardera pas, je l'espère — mais aussi dans tout ce qu'elle aime... Telle est ma volonté à cet égard que si demain, capitaine, vous succédiez dans le cœur de l'infâme régente à messire d'Aulnoi, je vous tuerais comme je vais le tuer ! Je suis pour la loi des mécréants que les croisés sont allés combattre en Palestine : « dent pour dent, œil pour œil !...» Pendant la réception royale, tout à l'heure, au Louvre, j'ai vu le regard du capitaine des gardes se fixer sur moi avec la plus hostile insistance. J'ai immédiatement senti que j'avais en lui un ennemi décidé à me chercher querelle; cette sensation s'est changée en certitude quand nous l'avons rencontré dans le grand escalier et instantanément, sans préméditation, j'ai voulu le prévenir... Après ce que je viens de vous dire, vous comprenez bien, n'est-ce pas, que la mort de mon adversaire entrait dans mon plan de vengeance...J'attendais l'occasion, voilà tout... L'attitude insolente de messsire d'Aulnoi m'a fait brusquer l'un des dénouements que je prépare... Je ne veux rien vous céler, messire; ce n'est pas sans lutter que je poursuis mon œuvre... J'ai des instants de faiblesse et d'hésitation; je fais violence à ma nature qui se révolte parce qu'elle a horreur du sang; j'ai, enfin, les préjugés et les timidités de mon sexe... Mais le souvenir de mon amour si horriblement brisé ; mais la pensée du bonheur immense qui m'a été ravi par le plus lâche assassinat; mais l'image — sans cesse présente à mes yeux — d'Henri d'Audigny étendu là, sur ce lit, la face livide, le regard sans rayons et la poitrine mortellement trouée, tout cela — qui remplit désormais mon esprit et mon cœur — tout cela me fait monter des bouffées de rage au cerveau et je me sens aussitôt forte comme l'homme le plus énergique, implacable comme le destin ! Voilà, capitaine, ce que je suis; voilà pourquoi j'ai gravement insulté le chef des gardes de l'ignoble courtisane qui règne présentement au Louvre...

— Je n'ai rien à vous dire, cher Florestan, sinon que je vous plains et que j'ai peur....

— Pourquoi donc, capitaine ?

— Je vous plains parce que vous avez beaucoup souffert et que vous souffrez encore; j'ai peur parce que je ne sais pas quelle sera l'issue du combat de demain...

— Oh ! quant à cela, rassurez-vous; je

crois pouvoir vous répondre de moi...Luigi est très-fort, vous le savez, et tous les jours je m'entretiens la main avec lui.

— C'est égal, je ne suis pas tranquille... Et puis, j'ai peur encore parce que si vous tuez messire Gauthier, la régente ne vous le pardonnera pas; or, elle est vindicative, cruelle et puissante.

— Et Dieu, capitaine, vous n'y pensez pas ? Pour qui sa justice doit-elle se manifester ?... Je suis plein de confiance et je compte sur vous pour être mon second...

— Luigi et moi, cher Florestàn, nous vous assisterons de notre mieux...

— Pauvre Luigi !... Je l'oubliais; je vais le rejoindre...

— Encore un moment, mon jeune ami... Si vous le voulez bien, vous ne me quitterez que lorsque je vous aurai montré certain coup d'épée de mon invention... Qui sait ? cela vous servira peut-être demain.

— Dans ce cas,appelons Luigi, il profitera de la leçon...

— C'est juste.

Le jeune homme appelé par Florestan entra bientôt chez le capitaine qui remarqua, non sans étonnement, que son fils était très-pâle et que ses yeux étaient rouges comme s'ils avaient versé des larmes.

Tout en se réservant de le questionner à ce sujet, Buridan — qui avait chez lui tout l'attirail d'un maître d'armes — commença sa leçon.

. . . .

Florestan est rentré chez lui; il va redevenir Flora jusqu'à l'heure où le défi qu'il a jeté à la face de Gauthier d'Aulnoi l'appellera sur le terrain du Pré-aux-Clercs, et il attend Luigi que Buridan a retenu un moment chez lui.

— Voyons, mon cher enfant, disait le capitaine en caressant avec amour les boucles brunes de la chevelure du jeune homme, que se passe-t-il en toi ? Dis-moi la vérité... J'ai remarqué, quand tu es entré ici, tout à l'heure, que ton visage était pâle et que tes yeux étaient rougis par les larmes.. Me suis-je trompé ? Tu sais que ton père a le droit de tout savoir...

Luigi cacha sa tête sur la poitrine du capitaine, qui le serra dans ses bras — comme l'eût fait une mère — et il lui dit tout bas :

— Je l'aime !

Buridan, par un brusque mouvement, se sépara du jeune homme et le regarda longtemps avec une profonde surprise mêlée de tristesse...

— Tu aimes Florestan ! fit-il enfin.

— J'aime Flora et je suis effrayé du danger qu'elle va braver demain matin !

— Mais, malheureux enfant, Flora ne

peut pas, ne pourra jamais répondre à ton amour !... Cet amour est une folie !

— Pourquoi donc ?

— Ce n'est pas mon secret, mon pauvre Luigi; mais crois en moi quand je t'affirme que tu ne seras jamais aimé de Flora !

— Je vivrai ou je mourrai de mon amour, peu m'importe ! mais je ne puis pas ne plus aimer Flora... Je vis près d'elle; je lui appartiens, je suis son esclave, sa chose; elle peut disposer de moi comme elle l'entendra, pour tout ce qu'elle voudra; elle m'a solennellement promis que je ne la quitterais pas... Pour moi il n'est point, il ne peut y avoir d'autre bonheur... Vivre entre elle et vous, mon père; mourir pour elle ou avec elle, voilà tout ce que je désire !... Demain, je veillerai sur elle comme vous veillerez, j'en suis persuadé, sur moi-même, et, s'il le faut, je la sauverai ou je me ferai tuer en la vengeant !

Un double éclair de dévouement et de vaillance jaillit des beaux yeux de Luigi quand il prononça ces derniers mots, et son père, attendri et fier tout à la fois, le baisa au front sans trouver la réplique que le jeune homme semblait attendre.

. . . .

Quand Luigi retourna près de Flora vêtue comme une simple et chaste jeune fille, il la trouva finissant d'écrire et fermant un pli qu'elle lui montra.

— Mon cher Luigi, lui dit-elle d'une voix fort calme et comme s'il s'agissait d'une chose ordinaire, il faut tout prévoir. Si, demain, il m'arrivait malheur...

Le jeune homme tomba à genoux.

— Ah ! damoiselle... Ah ! Flora, ne parlez pas ainsi !... La seule pensée de ce qui pourrait arriver me torture plus que je ne saurais dire !... Deux cœurs dévoués ; celui de mon père et le mien; deux épées, la sienne et la mienne, veilleront sur votre salut, qui nous est plus cher que le nôtre, et nous serons morts lui et moi, avant ...

— Assez, Luigi, relevez-vous et écoutez-moi...

Le pauvre enfant, le front couvert d'une pâleur mortelle, se releva et, s'asseyant tout près de Flora — sur un signe qu'elle lui fit avec une grâce charmante —il courba la tête et attendit...

— Vous oubliez, mon ami,coutinua-t-elle, que ce n'est pas un duel,mais bien un triple duel qui aura lieu, demain matin, au Pré-aux-Clercs. L'usage n'exige pas, je le sais, que les seconds tirent l'épée comme les adversaires eux-mêmes; mais, dans cette circonstance, il me paraît impossible qu'il en soit autrement.

Or, tandis que je m'efforcerai de tuer messire d'Aulnoi, vous aurez à vous défendre contre l'officier aux gardes Raoul de

Fresnel, et votre père aura affaire au capitaine des lansquenets Gaston de Bury... La jalousie évidente de nos trois antagonistes dit assez qu'il en sera ainsi et qu'ils ne nous ménageront ni les uns ni les autres... Ce sera donc un triple duel à mort, mon cher Luigi; et le meilleur témoignage que vous puissiez me donner de... vos sentiments pour moi, ce sera de veiller sur vous-même avec toute l'attention que l'événement comportera... Dieu,qui est juste, ne peut manquer d'être pour nous; mais, de notre côté, nous ne devons rien négliger pour préparer et hâter le triomphe de la bonne cause !...

— Cependant, chère Flora, c'est vous qui avez provoqué le capitaine des gardes ?

— Il le fallait, Luigi !... Souvenez-vous de ce que je vous ai dit une fois déjà : « Je poursuis une œuvre grande, difficile, mais sacrée, et rien, rien ne pourra m'en détourner !»

— Je n'ai point oublié, damoiselle, mais je tremble pour vous... Grand Dieu ! si la rapière du seigneur Gauthier d'Aulnoi allait vous faire quelque blessure grave, que deviendrais-je?

Flora se leva, blanche, froide, les lèvres serrées, et, posant une main sur l'épaule du jeune homme :

— Aussi vrai, fit-elle, qu'il y a un Dieu au ciel; aussi vrai que vous êtes un noble cœur et que je vous aimerais de toute mon âme... si je pouvais aimer, demain je tuerai le seigneur Gauthier d'Aulnoi !... Mais, je l'ai dit tout à l'heure, je dois tout prévoir : S'il faut que vous quittiez le champ de bataille sans que je vous accompagne... vivante, je vous confie ce parchemin pour que vous le portiez à mon père... Ce sont mes adieux au bien-aimé vieillard !... Maintenant, cher Luigi, au revoir, et rappelez-vous demain, sur le Pré-aux-Clercs, qu'une cause sainte entre toutes guidera la lame de votre rapière.

— Oh ! Flora, je serai digne de vous; je m'inspirerai de votre vaillance !

Et Luigi se retira après avoir baisé, non sans frémir, la main douce et blanche que la charmante et implacable jeune fille lui tendait en souriant.

. . . .

Il est cinq heures du matin. La température est douce, mais le ciel est couvert, Le Pré-aux-Clercs est désert et le silence n'y est troublé que par le chant des oiseaux qui s'éveillent...

Six hommes — parés comme pour une fête — viennent, en deux groupes de trois, déboucher sur le célèbre terrain, témoin des batailles populaires et des combats singuliers, et s'arrêtent, en se saluant avec courtoisie, à quelques centaines de pas seulement de la Tour de Nesle — dont la masse sombre et sinistre se découpe à arêtes vives sur le fond gris du ciel. Un peu plus loin se détache la silhouette multiple des vastes bâtiments de l'hôtel lui-même, et, plus loin encore, au-dessus des eaux calmes de la Seine, se voient distinctement les arches de bois du pont des Tournelles — que surmontent, à l'horizon, les tours inachevées encore d'une église bâtie en 1210 et dédiée aux saints Côme et Damien.

Sans se dire un mot, les six hommes se dépouillent de leurs pourpoints de soie et de velours, jettent bas leurs tôques ornées de longues plumes et, dégaînant six longues rapières, s'approchent — trois contre trois — et commencent à ferrailler en gens experts au noble jeu des armes.

. . . .

Ainsi que l'avait dit Flora à son jeune page, le seigneur Florestan faisait face à messire Gauthier d'Aulnoi, capitaine des gardes de la Reine de Navarre, Buridan engageait le fer avec le capitaine de lansquenets, Gaston de Bury, et Luigi répondait avec vivacité aux attaques fougueuses de messire Raoul de Fresnel, officier aux gardes.

. . . .

Le combat durait depuis quelques minutes déjà et malgré l'acharnement des combattants, leur habileté — en apparence aussi grande d'un côté que de l'autre — ne permettait pas de prévoir encore pour qui se prononcerait la fortune.

Buridan, bouillant d'impatience, avait hâte d'en finir avec son adversaire; il voulait voir comment se comportaient Luigi et Florestan,

Son sangfroid ne l'empêchait pas de trembler pour eux; mais le capitaine des lansquenets avait le poignet rivé à sa rapière et les flamboiements de celle-ci exigeaient toute l'attention et toute la science de Buridan qui, d'ailleurs, avait l'habitude de ces sortes d'affaires, était rompu à toutes les ruses, à tous les secrets du duel et se montrait aussi à l'aise, aussi tranquille que s'il se fût agi d'un simple assaut... Nous venons de le dire : il ne tremblait que pour son fils et pour son ami !...

N'y tenant plus et voulant voir à tout prix ce qui se passait et ce qu'il devait craindre ou espérer, il fit un violent effort sur lui-même, fit taire un instant ses cruelles appréhensions et, recouvrant toute sa liberté d'esprit, il attaqua Gaston de Bury avec la science emportée et irrésistible qui faisait de lui, depuis de longues années, un adversaire des plus redoutables.

Le capitaine des lansquenets, étonné de ce changement de jeu, ébloui par les étincelles vertigineuses de cette lame dont la pointe le menaçait en dix endroits en même temps, perdit peu à peu de son assurance et de sa fermeté; il rompit en se couvrant et resta sur la défensive jusqu'à ce qu'un coup droit, suivant rapidement une feinte et lancé avec une vigueur surhumaine, vînt le frapper au-dessous du sein droit et le coucher tout de son long sur le sol — qu'il arrosa de son sang...

Buridan porta aussitôt ses regards sur le champ de bataille... et un éclair de satisfaction illumina son énergique visage.

Il pouvait voir Luigi et Florestan, superbes de calme et de courage, fièrement campés sous la garde et jouant de la rapière en véritables maîtres. La chemise de leurs adversaires attestait, par de larges taches rouges, qu'ils avaient été touchés plusieurs fois, et le capitaine, plein d'espoir, sentait se débarrasser sa poitrine d'un poids immense...

Tout à coup, il pâlit affreusement, poussa un cri terrible et bondit, la rapière encore sanglante à la main...

Les hasards de la lutte avaient placé Luigi de telle sorte qu'il ne pouvait apercevoir Flora... Le sentiment si naturel de la conservation le portait, certes,à se défendre consciencieusement; mais il sentit, dès les premières passes, qu'il aurait, quand il le voudrait,raison de l'officier aux gardes; mais il voulait, lui aussi, voir Flora ! Cette préoccupation, en devenant de plus en plus impérieuse, de même que la certitude de sa supérioriоté, lui firent trop oublier à la fois et les chances si diverses d'un combat singulier et l'impétuosité avec laquelle son adversaire le chargeait; elles ne pouvaient que lui être fatales...

Tout en parant,comme en jouant,les coups qui lui étaient portés,il se tournait peu à peu vers sa droite afin d'avoir en vue Flora — qui combattait sur sa gauche — ; mais dans un de ses mouvements, son pied, rencontrant une pierre cachée sous l'herbe, glissa et l'obligea un moment, à se découvrir. Mettant à profit ce moment — si court qu'il fût — Raoul de Fresnel fit un bond du côté gauche et lui plongea sa rapière dans le flanc.

Luigi, se sentant atteint, fit un brusque mouvement de retraite; mais il était trop tard... Il chancela, porta la main à son flanc blessé et s'affaissa en fermant les yeux..

C'est alors que Buridan, le croyant mort, poussa un cri de désespoir et de rage, et se trouva, d'un bond, en face de Raoul...

— A nous deux ! messire de Fresnel, fit-il d'une voix sombre...

. . . .

Buridan se transfigurait !... Ce n'était plus ce capitaine d'une bravoure calme et réfléchie, souriant à la pointe de l'épée et dédaigneux de l'habileté même de son adversaire. C'était un père à qui l'on venait, sous ses yeux, de tuer son enfant !... Il était terrifiant !... Ses regards lançaient des flammes d'une colère que le sang seul devait éteindre... Il oubliait jusqu'à son jeune ami Florestan; tout s'effaçait pour lui devant cette pensée — qui le brûlait — que son enfant était étendu là, près de lui, sans souffle et sans vie, et qu'il fallait, coûte que coûte, venger immédiatement sa mort !...

Devant ce visage fulgurant d'une exaltation qu'il ne pouvait comprendre; devant ce front pâle et plissé par la fureur; devant ces grands yeux noirs d'où sortaient des éclairs; devant ces lèvres entr'ouvertes qui laissaient voir des dents blanches serrées convulsivement; devant ces manifestations éclatantes d'un désespoir qui ne laissait de place ni à la pitié ni à la miséricorde, le jeune officier aux gardes se sentit perdu.

Il rompit tout d'abord, comme s'il voulait ressaisir le sangfroid et l'aplomb qui l'abandonnaient; mais l'œil étincelant du père le fascinait, le paralysait en quelque sorte... Il rompit encore, se couvrant de son mieux et désespérant d'opposer une plus longue résistance à l'attaque impétueuse du capitaine, lorsque celui-ci, se découvrant soudain, baissa l'épée comme s'il attendait un coup mortel... Le jeune gentilhomme se méprit à cette étrange attitude; entrevoyant le salut, il serra fortement la poignée de sa rapière, s'affermit sur son jarret gauche et se fendit à fond..., mais sa longue lame ne rencontra que le vide tandis que Buridan, qui s'était tout à coup ramassé sur lui-même, se redressa — mû comme par un ressort — et son arme, vigoureusement poussée en tierce, disparut toute entière dans la poitrine de l'officier aux gardes pour reparaître entre les deux épaules...

Raoul de Fresnel, ainsi arrêté dans son élan, tomba en arrière, tout d'une pièce, et en vomissant des flots de sang...

Buridan jeta sa rapière et courut à Luigi sans même regarder du côté de Florestan...

Le jeune homme, un moment évanoui, rouvrait les yeux...

— Il vit !... Nous te sauverons, cher enfant !... Souffres-tu ?

Luigi fit un signe négatif.

— Flora ? demanda-t-il d'une voix faible.

— Ah ! je l'oubliais... Tiens, Luigi, mets ceci sur ta blessure, je vais revenir.

Et en disant cela, Buridan déchirait sa chemise, faisait une espèce de tampon et l'appliquait lui-même sur le côté du jeune homme — que la perte de sang pouvait rapidement affaiblir — ; puis il se porta vers l'endroit où Florestan combattait, laissant Luigi qui se tenait assis sans trop de peine,

. . . .

L'on comprend que ces scènes sanglantes se passaient avec bien plus de rapidité que nous n'en pouvons mettre à les décrire; aussi le lecteur ne s'étonnera pas de ce que Florestan fût encore aux prises avec Gauthier d'Aulnoi — alors que Buridan avait eu le temps de faire face à deux rudes joueurs et de les vaincre.

Il est vrai d'ajouter que le jeune capitaine des gardes était, lui aussi, d'une grande force et d'une rare habileté dans l'art — déjà très-avancé — de l'escrime, et que le seigneur Florestan n'avait pas trop, pour lutter sans désavantage contre lui, de toute l'expérience et de toute la vigueur qu'il avait depuis plus d'un an acquises dans ses assauts de chaque jour...

Nous l'avons dit plus haut: Gauthier d'Aulnoi était blessé ; mais les égratignures qu'il avait reçues n'avaient eu d'autres résultats que d'enflammer son courage et de rendre son jeu plus serré et, par conséquent, plus dangereux pour Florestan — dont les foroes physiques commençaient, d'ailleurs, à faiblir... Il le sentait bien, et c'en eût été fait de lui, si son idée fixe n'eût fait naître, à ce moment suprême, dans son esprit, une hallucination qui lui vint puissamment en aide: il lui sembla voir, derrière son adversaire, l'ombre aimée et livide d'Henri d'Audigny lui montrant, d'un doigt décharné par les ravages de la mort, la plaie qui l'avait couché dans la tombe...

A cette vue, son cœur se prit à battre avec violence et la pensée de l'exécrable Marguerite de Bourgogne l'envahit tout entier... Il oublia, comme par enchantement, sa fatigue, se sentit plus fort, plus ardent à la lutte qu'avant l'heure de ce combat sans merci, et il fournit coup sur coup des bottes terribles qui ne furent parées qu'à grand'peine...

C'est à cet instant que Buridan lui apparut, pâle mais souriant... La présence du capitaine lui apprit que seul il se battait encore; elle lui rappela, en outre, la leçon de la veille, et il résolut aussitôt d'en faire l'application pour brusquer un dénouement qui se faisait trop attendre... Cessant donc d'attaquer, il se tint un moment sur la défensive, se contenta de quelques feintes pour tromper le capitaine des gardes, et, tout à coup, abaissa sa rapière en se découvrant...

Surpris de cette manœuvre à laquelle il ne comprenait absolument rien, aveuglé par la colère et l'humiliation d'avoir été plusieurs fois touché, Gauthier fit un bond en avant et se fendit, poussant droit son arme sur cette poitrine qui s'offrait imprudemment à ses coups; mais — comme tout à l'heure l'infortuné Raoul de Fresnel — il ne frappa que dans le vide, et Florestan, replié sur lui-même, se redressa soudain, presque corps à corps avec lui, écarta avec sa propre garde l'épée qui venait de le menacer, et lui plongea de haut en bas sa lame toute entière dans la gorge.

Gauthier d'Aulnoi tomba sans faire entendre un cri, sans pousser un soupir, et il fut littéralement cloué au sol bientôt rougi de son sang, car son heureux adversaire, épuisé par cette longue lutte et par les émotions qui l'avaient accompagnée, tomba en même temps que lui, sans pouvoir retirer le fer — engagé du larynx au dessous de l'omoplate droite...

Buridan se précipita, et, aidé de Luigi qui s'était traîné jusqu'à lui — épouvanté de la chute de Florestan qu'il attribuait au moins à une blessure grave — il ne tarda pas à faire reprendre ses sens à son jeune ami...

— Il faut me pardonner cette syncope, fit doucement ce dernier en revenant à lui. J'ai horreur du sang !

. . . .

Il fallait voir avec quelle touchante sollicitude Florestan aidait à son tour Buridan à bander la blessure de Luigi, dont le sang s'était enfin arrêté! Il fallait voir avec quelles précautions il le soutenait dans le trajet — pénible pour le blessé — qui séparait le Pré-aux-Clercs de l'hôtellerie du *Pigeon Blanc* !

Une sœur, une mère n'eussent été assurément ni plus attentives ni plus dévouées !

C'était pour lui, en définitive, que le pauvre enfant avait failli mourir !

. . . .

Quand on fut rentré à l'hôtellerie, où Luigi eut beaucoup de peine à arriver — bien que soutenu sous les bras par son père et son jeune maître — le capitaine Buridan le mit au lit avec défense expresse d'en sortir sans son autorisation, et, au moyen de la mixture blanche que nous l'avons vu employer un jour pour Florestan lui-même, il se mit à laver sa blessure avec le plus grand soin; puis il opéra le premier pansement et le quitta, pleinement rassuré sur les suites de cette affaire qui l'avait tant effrayé tout d'abord !

Florestan, également apaisé, monta à cheval et se rendit à franc étrier près de son père qu'il n'avait pu voir depuis quelques jours, et, de retour à l'hôtellerie du *Pigeon Blanc*, le même jour, s'installa au chevet de Luigi dont sa seule présence devait certainement hâter la guérison...

CHAPITRE VII

OÙ IL EST ÉVIDENT QUE SI LA MONARCHIE A EU SES GLOIRES ET SES VERTUS... ELLE A EU AUSSI SES HONTES ET SES CRIMES !

Pendant que l'on s'égorgeait pour elles, ou que, tout au moins, elles étaient la cause réelle du triple duel que nous venons de raconter, que faisaient les trois princesses de Bourgogne ?... Elles faisaient jeter à la Seine, presque chaque jour, les cadavres des jeunes gens qu'elles choisissaient ou que le seul hasard plaçait sur leur chemin !... Elles dépassaient ainsi, en hideuse dépravation, les plus éhontées ribaudes de carrefours — qui, du moins, attendaient généralement qu'on leur vînt jeter le mouchoir...

Le flot toujours montant de la colère populaire en présence de ces assassinats quotidiens, les sourds murmures qui parvenaient jusqu'aux fenêtres du Louvre ou qui les poursuivaient à chacune de leurs sorties — tout leur disait que la vérité était bien près d'être connue... et pourtant les orgies et les meurtres de la Tour de Nesle continuaient !...

L'insatiabilité des trois messalines était telle, leur mépris à l'endroit des rumeurs dont elles étaient déjà l'objet — puisqu'on allait jusqu'à dire et répéter tout haut qu'on avait vu jeter un cadavre, en pleine nuit, de l'une des hautes fenêtres de la Tour de Nesle — leur mépris était si profond, que, huit jours après que leur fut parvenue la nouvelle de la mort de leurs amants préférés — dont les cadavres avaient été trouvés au Pré-aux-Clercs — elles avaient désigné à Franceschi trois nouvelles victimes — trois beaux et tout jeunes écoliers fraîchement arrivés de l'Orléanais, et qui ne demandaient pas mieux, dans leur dangereuse inexpérience, que de puiser sur des lèvres de femmes les premières émotions de cette vie de Paris qui, dès cette époque, faisait déjà rêver les adolescents de province...

Ces trois jeunes hommes — presque des enfants encore — étaient liés d'une étroite amitié; ils ne se quittaient jamais, et c'est en les rencontrant ensemble, dans une de leurs sorties, que la régente et ses dignes cousines avaient daigné jeter sur eux un regard de complaisance...

. . . .

Tel est, croyons-nous, le style consacré de noble à vilain !

. . . .

Que voulez-vous, lecteur ? Il fallait une oraison funèbre à ces gentilshommes qui avaient été les amis de cœur des princesses de Bourgogne... et c'était dans la fange de l'orgie, c'était dans le plus lâche des assassinats qu'elles en pouvaient trouver la poésie honteuse et lugubre !

. . . .

Cette poésie était la seule qui pût convenir à leur nature.

. . . .

Depuis la disparition d'Orsini, l'honorable Franceschi n'avait plus que deux acolytes et il était obligé pour satisfaire à la fois et ses propres intérêts et les caprices sans cesse inassouvis des princesses, de faire l'office de bourreau... Or, il n'était pas habitué à cette horrible besogne et, avouons-le, elle lui répugnait. Quand il avait à sa disposition le nombre de dagues voulu, il se contentait de préparer, de diriger et de surveiller les meurtres; il se croyait ainsi et de bonne foi bien moins criminel que ceux qui ne frappaient qu'en lui obéissant. Maintenant qu'il devait souvent tuer lui-même, il n'était pas tranquille; sa conscience — assez élastique pourtant — avait parfois une éloquence qui le tourmentait, et n'eussent été les énormes bénéfices qu'il réalisait dans la *charge* que la régente lui imposait, il eû assurément préféré retourner vivre sous ce ciel splendide de l'Italie — qui avait été témoin des ébats de sajeunesse et des *peccadilles* qui tout doucement l'avaient peu à peu conduit au crime. Il eût volontiers laissé loin derrière lui la silhouette assez menaçante de la hart; mais il appartenait à Marguerite de Bourgogne depuis le jour où elle l'avait sauvé de la pendaison — à la suite de nous ne savons quel méfait. Il fallait un serviteur comme lui à une femme comme elle; et, pour assurer le mystère des nuits qu'aimait la reine de Navarre, il était indispensable qu'elle eût un esclave dont la vie en quelque sorte lui appartînt.

Franceschi était cet esclave, et il avait facilement trouvé parmi ceux de ses compatriotes qui pullulaient alors dans Paris les trois hommes qu'il lui fallait et qu'il payait lui-même.

. . . .

Il fait presque nuit... Dans une heure le couvre-feu sonnera... Un homme, assez grossièrement vêtu, mais armé, selon l'usage d'alors, d'une longue rapière et d'une dague, longe les hautes murailles de l'hôtel de Nesle et s'arrête devant une poterne percée au pied de la tour, du côté du Pré-aux-Clercs. Avec le pommeau de sa dague, il frappe à cette poterne qui est fermée et attend qu'on lui ouvre. Il n'attend pas longtemps. La lourde porte roule sur ses gonds et une figure parcheminée, aux yeux noirs ombragés de sourcils épais et grisonnants, lui demande brusquement et d'un ton de mauvaise humeur :

— Pourquoi frappez-vous ici ? Vous vous trompez... N'entrent céans que ceux que je connais et... je ne vous connais pas !...

— Maître Franceschi, répond l'homme d'une voix calme et douce, vous ne me connaissez pas, c'est vrai; mais moi je vous connais et il faut que je vous parle...

En disant ces mots, l'homme montrait avec une affectation visible sa main gauche à laquelle brillait un large anneau d'argent...

La vue de cet anneau fit tressaillir le vieux Franceschi; il regarda attentivement l'homme qui le portait et s'effaça comme pour laisser entrer.

L'homme s'engagea résolûment dans le corridor obscur sur lequel se referma la poterne, et se trouva bientôt dans une chambre basse, faiblement éclairée par une petite fenêtre donnant sur la Seine.

Il comprit qu'il se trouvait au rez-de-chaussée de la Tour de Nesle.

— Voyons, fit alors Franceschi, qu'avez-vous à me dire?

— Allumez-donc une lampe, répondit le visiteur; on n'y voit pas ici et j'ai besoin de vous montrer quelque chose.

Le vieil italien obéit sans mot dire et ne tarda pas à poser sur un bahut la lumière demandée.

Alors, le visiteur retira du doigt son anneau d'argent et le lui tendit...

Franceschi s'empressa de le prendre et d'en examiner l'intérieur sur lequel se lisaient aisement les trois lettres O T N.

— D'où tenez-vous cet anneau ? demanda-t-il avec une sorte de satisfaction.

— De mon oncle Orsini, qui me l'a donné.

— Votre oncle ?

— Oui; son frère avait épousé ma mère, une française de Picardie.

— Et pourquoi ne vois-je plus votre oncle ? Le savez-vous ?

— Oui : c'est parce qu'il est... mort !

— Et... vous a-t-il dit à quoi lui servait cet anneau ?

— Je sais tout... et je suis l'homme qu'il vous faut pour le remplacer...

— Puis-je avoir confiance en vous ?

— Mettez-moi à l'épreuve dès ce soir, s'il en est besoin... J'ai, vous le voyez, longue rapière, bonne dague et je sais m'en servir... De plus, je ne vous demanderai aucun salaire... Je me contenterai du plaisir d'être utile à Madame la Régente... que Dieu garde !.

— Je vous accepte; mais... je crains bien que votre oncle n'ait eu la langue un peu trop longue...

— Vous ne tarderez pas à reconnaître, en revanche, que la mienne est fort courte...

— Ainsi soit-il dans votre intérêt, jeune homme... A propos, quel est votre nom ?

— Puisque mon oncle se nommait Orsini et puisque son frère a épousé ma mère, il y a toute apparence que je porte le même nom.. Je suis Giovanni Orsini et je demeure où habitait mon oncle: rue de la Parcheminerie... Ce n'est pas là qu'il est mort, par exemple, le pauvre cher homme; il a trépassé en Picardie, dans les bras de son frère — qu'il était venu voir — et il m'a fait promettre de prendre ici sa place... Aujourd'hui que je suis orphelin et mon maître, j'accomplis son désir...Mes parents m'ont laissé de quoi remplir mon escarcelle quand elle sera vide... Quant à l'héritage de mon oncle, le voici...

Et le jeune homme frappait délibérément sur sa dague et sur sa rapière.

— C'est bien, Vous me convenez, répondit Franceschi... Vous devez savoir que vous n'avez rien à craindre de vos camarades ?

— Mon oncle s'est borné à me faire connaître ce qu'il faisait à la Tour de Nesle... quand il y était appelé...

— Les trois hommes qu'il me faut sont masqués; ils ne se connaissent pas et, par conséquent, ne se peuvent trahir...

— Fort bien, maître Franceschi. Je ne vous cache pas que ce détail ne m'est nullement désagrable.,. N'attendez-vous personne aujourd'hui ?

— Si fait bien.

— Ne puis-je attendre ici l'heure de... la besogne ?

— Je n'y vois point d'inconvénient : vous ne me gênez pas.

— Et... en attendant, ne pourriez-vous me promener un peu par la Tour ? Il serait peut-être bon que j'en connusse les êtres...

— Vous avez raison... Nous avons le temps; venez,..

Et le vieux Franceschi, prenant sa lampe, conduisit le neveu d'Orsini de chambre en chambre et d'étage en étage. Celui-ci examinait tout avec une attention en apparence assez indifférente, mais, en réalité, il ne perdait pas un détail, et, au bout de quelques minutes, il savait à quoi s'en tenir tant sur les dispositions intérieures de cette affreuse *petite maison* que sur la hauteur des fenêtres, leur élévation au-dessus de la Seine, et la façon dont les portes s'ouvraient et se fermaient...

Quand cette inspection des lieux fut terminée, Franceschi fit entrer Giovanni dans une petite pièce du rez-de-chaussée et lui interdit d'en sortir jusqu'à ce qu'il le vînt quérir.

— Permettez, cher maître, dit alors le jeune homme... J'ai encore quelque chose à vous demander.

— Qu'est-ce ? Dépêchez-vous, l'heure ap-

approche... Le couvre-feu vient de sonner.

— Qui est-ce qui reçoit les princesses ?

— C'est moi.

— Et les... amoureux ?

— Toujours moi.

— Ne puis-je voir ces derniers à leur arrivée ?

— Non.

— Pourquoi ?

— J'ai des ordres.

—Même avec le masque que vous venez de me donner ?

— Impossible !

— Voyons, ne partez pas sans m'entendre... Par le diable ! je ne vous demande pas grand chose... Je veux seulement les voir.,. Ecoutez-moi..,

— Faites vite, alors...

Le jeune homme s'approcha de Franceschi et lui parla tout bas... Le vieil italien remuait la tête, disait non du geste, et, finalement, écoutait toujours... Enfin, un bruit de pièces d'or se fit entendre — passant de la main du jeune homme dans celle du vieillard.

— Il en sera donc comme vous le voulez, Giovanni; mais, en vérité, j'ai peur que vous ne me compromettiez...

— Allons donc !... Quand je vous dis que vous n'avez rien à craindre... Allez ; quand ils viendront, vous me préviendrez, voilà tout !

— C'est entendu.

Il était temps : on frappait à une poterne s'ouvrant au bord de l'eau. C'étaient les trois royales courtisanes qui venaient de traverser la Seine et dont la barque s'arrêtait au pied de la tour, où elle restait amarrée jusqu'à l'heure des meurtres...

Franceschi s'élança hors de la chambre où il laissait le neveu d'Orsini. il était enchanté d'avoir trouvé un auxiliaire qui le dispenserait de faire lui-même la sanglante besogne et de pouvoir, du même coup, grossir ses économies de quelques royaux d'or de plus !

— Vieux truand ! fit le jeune homme quand il fut seul, il va me servir sans s'en douter... et j'en sauverai au moins un chaque fois !...

. . . .

La Reine de Navarre et ses deux cousines étaient montées au second étage de la tour. Elles s'y préparaient aux honteuses saturnales qui faisaient de ce mystérieux séjour un véritable lupanar — ainsi que l'avait déjà dit Buridan à Marguerite elle-même — lorsque l'on frappa à la poterne par laquelle était venu le neveu d'Orsini.

Franceschi alla ouvrir et se trouva en présence de quatre hommes, dont trois, fort jeunes et portant le costume si coquet des écoliers du temps, avaient les yeux bandés. Le quatrième était un des anciens *camarades* d'Orsini.

Franceschi fit entrer tout le monde dans la chambre du fond et remit un masque à son acolyte, qui disparut aussitôt pour aller s'enfermer dans un petit réduit noir où, d'habitude, il attendait le signal de l'assassinat.

Le troisième acolyte était toujours l'homme qui conduisait la barque dans laquelle les princesses traversaient la Seine.

Quand il avait aidé la régente et ses cousines à passer de la barque dans la Tour, il fixait son amarre à un anneau scellé dans l'épaisse muraille et il allait aussitôt se mettre, lui aussi, à la disposition de maître Franceschi.

Le vieil italien s'adressant aux trois jeunes hommes :

— Messires, leur dit-il, veuillez me remettre vos armes et je vous enlèverai votre bandeau...

— Nous n'avons que nos dagues, répondit l'un des écoliers, pourquoi ne pouvons-nous les garder ?

— Vous n'en avez pas besoin pour dormir dans les bras d'une femme noble et belle... C'est ici séjour de plaisir et de voluptés pour chacun de vous, messires, et celles qui vous attendent avec l'impatience de la passion que vous leur avez inspirée, désirent vous recevoir complètement désarmés... Rassurez-vous, d'ailleurs, vos dagues vous seront rendues quand vous sortirez... J'ai mission de ne vous guider qu'à cette condition auprès de vos nobles dames...

— Qu'il soit fait comme elles le désirent, firent les jeunes gens en débouclant le poignard que chacun d'eux portait au côté...

Une nuit de bonheur vaut bien un léger sacrifice d'amour-propre...

. . . .

Les bandeaux avaient été enlevés, mais les trois écoliers étaient dans l'obscurité ; ils montaient un escalier tournant, conduits par Franceschi donnant la main à celui d'entre eux qui tenait la tête ; les autres suivaient en se tenant également par la main.

En passant devant la porte de la pièce où se trouvait le neveu d'Orsini, le dernier des écoliers se sentit touché légèrement à l'épaule et une voix lui dit rapidement à l'oreille :

— Etes-vous discret ? Peut-on se fier à vous ?

— Oui, fit le jeune homme, avec les mêmes précautions.

— En ce cas, prenez ce parchemin ; vous le lirez tout haut, à table, quand vous verrez que la raison sera près d'abandonner vos compagnons de plaisir... Si l'on vous questionne sur son origine, dites qu'il vous a été remis dans la rue... Il y va des plus graves intérêts et, peut-être, de votre vie..

Le jeune écolier eût voulu répondre et, surtout, questionner; mais la voix avait cessé de se faire entendre, et lorsqu'il étendit la main qu'il avait de libre pour savoir si on le suivait toujours, il ne rencontra que le vide...

. . . .

L'atmosphère est douce et parfumée ; les lampes brillent de tous côtés et inondent de lumière toutes les parties de la salle circulaire; celle-ci est ornée de tentures des plus riches étoffes du Levant et l'ameublement en est d'une rare somptuosité pour l'époque.

Voyez : ils sont six autour d'une table luxueusement servie, et le vin généreux coule à pleines coupes, et les propos se croisent et pétillent comme les facettes d'un diamant... Gais, spirituels et fous d'amour sont les trois jeunes hommes; demi-nues et lascives sont les trois femmes dont le langage provoque toutes les hardiesses...

. . . .

Il faut laisser faire : une reine, une régente de France et deux princesses royales se livrent à leurs fantaisies !...

Mais si la Nation souffre et se tord dans de vaines et légitimes aspirations, Dieu veille !

. . . .

Les têtes échauffées commencent à s'alourdir; les regards se voilent et les désirs sont à leur apogée... Tout à l'heure la raison aura disparu pour faire place à l'animalité...

L'un des jeunes gens se lève :

— Je demande à être attentivement écouté, dit-il. Avant de nous livrer corps et âme à toutes les ivresses qui nous sont si galamment promises; avant d'oublier l'univers tout entier dans les plus ardentes délices, que nos adorables amphytrions me permettent de lire ici même un parchemin qui m'a été mystérieusement remis, ce soir, au moment où nous approchions de ce paradis que d'amoureuses déesses et non de simples femmes nous ont si gracieusement ouvert...

— Fais vite, alors, dit l'un des écoliers; on dirait vraiment que tu vas lire une thèse à en juger par ta gravité !...

— A bas les choses sérieuses ! fit le troisième; nous sommes ici pour boire et pour aimer !...

— Bien dit ! gentil mignon, appuya Jeanne de Bourgogne en cachant sous son opulente chevelure toute dénouée la tête de l'écolier...

— Lis, beau fils, dit Marguerite la régente, et que ton grimoire ne te fasse oublier que mes bras t'attendent...

— Ecoutez donc tous ! fit le jeune homme au parchemin.

Et il lut ce qui suit :

« Savoir faisons à nobles et hautes dames
» Marguerite de Bourgogne reine de
» Navarre et régente de France, Jean-
» ne et Blanche de Bourgogne, ses cousines
» et princesses royales, que par suite de
» l'amour profond et immuable qu'elles
» leur ont inspiré, messires Florestan, Bu-
» ridan et Luigi, seigneur, capitaine et page
» ont provoqué en loyal combat et occis se-
» lon les lois de l'honneur messires Gauthier
» d'Aulnoi, capitaine des gardes de la Reine,
» Gaston de Bury, capitaine des lansque-
» nets, et Raoul de Fresnel, officier aux
» gardes...»

L'effet de cette lecture — que rien n'interrompit — fut multiple.

— La régente se leva, pâle, irritée.

— Qui vous a remis ce parchemin ? demanda-t-elle au lecteur avec un accent d'autorité irrésistible.

Le jeune homme regarda fixement Marguerite, se troubla et tomba à genoux...

— Pardon, madame, balbutia-t-il... Je ne savais pas... Je ne pouvais supposer... Joies du ciel !... La régente a daigné... Ah ! j'en mourrai de bonheur et d'orgueil !...

Marguerite répondit à ce débordement d'enthousiasme par un regard terrible...

L'écolier se releva, remit le parchemin à celle dont il venait de deviner la personnalité, et dit sans trembler cette fois :

— Il m'est impossible de répondre à votre question, madame. La nuit m'a empêché de voir le visage de l'homme qui m'a donné ce pli, et cet homme n'a absolument rien ajouté à la recommandation pressante qu'il m'a faite d'en lire le contenu ici et à ce moment... Si j'avais pu prévoir...

— Quoi donc ? fit Marguerite...Qu'y avait-il à prévoir ?... Ce parchemin s'est trompé d'adresse, voilà tout... Viens, mon bel enfant, je t'attends, tu le sais bien !

Jeanne s'était également levée, l'œil en feu; mais soudain elle avait repris sa place, et, passant son bras autour du cou de son jeune voisin, elle avait souri et dit entre deux baisers :

— Du moins,ceux-là savent aimer !

Blanche, digne sœur de Jeanne, avait tressailli en entendant nommer le vainqueur de Raoul de Fresnel; mais elle s'était contentée de regarder fièvreusement le jeune homme qui était auprès d'elle et de lui demander:

— Etes-vous aussi brave que mon beau page ?

Cette singulière question, formulée en un pareil moment, fit bondir l'écolier...

— De quel page, parlez-vous, madame ? Voulez-vous donc me mettre à l'epreuve ? Vrai Dieu ! je suis tout prêt à vous disputer à quiconque !

— Ah ! l'enfant... Il serait jaloux !... Viens, mon ange, faisons comme nos amis...

Marguerite et Jeanne s'étaient levées et disparaissaient par deux portes différentes, entraînant avec elles leurs compagnons éperdus, éblouis...

Blanche montra une troisième porte qu'elle n'eut qu'à pousser, et enlaçant de ses bras nus son adolescent jaloux, elle l'emporta avec elle...

. . . .

La nuit va finir; encore quelques instants et les premières lueurs de l'aube vont blanchir peu à peu les hautes toitures de l'hôtel de Nesle....

Ce même écolier que nous avons vu lisant, pendant l'orgie, certain parchemin, s'éveilla en sursaut au bruit de deux cris poussés assez près de lui...

Il étendit une main du côté de la femme près de laquelle il s'était naguère endormi et ne trouva rien.

Cette femme avait disparu !

— Oh! fit-il en sautant du lit, c'est elle !.. Je n'en saurais douter. C'est la Reine Marguerite !... Mais pourquoi m'a-t-elle quitté ?... Quels sont ces cris qui m'ont réveillé ?

Tout en se parlant de la sorte, il reprenait précipitamment ses vêtements, voulant sortir de cette chambre et s'informer...

Il n'en eut pas le temps. Une porte s'ouvrit et, à la lueur de la lampe qui brûlait encore, suspendue au plafond, il vit entrer un homme qui referma la porte sur lui. Cet homme, à la barbe noire et touffue, portait un masque; il était armé d'une épée nue et avait une longue dague à la ceinture.

L'écolier, sans défense, bondit derrière un meuble et s'empara d'un escabeau. Il était pâle, mais résolu...

— N'ayez peur, lui dit l'homme en remettant son épée au fourreau... Mais nous n'avons pas de temps à perdre... Laissez là votre escabeau et approchez... Les murs ici ont des oreilles et j'ai à vous dire des choses qui ne doivent être entendues que de vous... Hâtons-nous !

L'écolier, rassuré, obéit en s'approchant de cet inconnu dans lequel il avait cru voir tout d'abord un ennemi.

— Comment vous nommez-vous ? lui demanda l'homme.

— Henri Valbray.

— Henri... fit à mi-voix l'inconnu... Ah ! plus que jamais, je veux... Et, ajouta-t-il d'un ton un peu plus élevé, avez vous dit votre nom à la femme qui était ici avec vous ?

— Oui : elle me l'a demandé.

— Vous a-t-elle dit le sien ?

— Non; mais je l'ai deviné...

— Quoi !.:. vous savez...?

— Que c'est la reine Régente, oui.

— Savez-vous nager ?

— Pourquoi me demandez-vous cela ?

— Répondez vite !... On peut venir et je ne pourrais plus rien pour vous...

— Je puis rester en pleine eau pendant une heure; mais que voulez-vous dire ?

— N'avez-vous donc rien entendu, tout à l'heure?

— Deux cris m'ont arraché au sommeil, en effet...

— Ce sont vos malheureux amis qui les ont poussés...

— Mes amis ?... Grand Dieu ! qu'en a-t-on fait ?

— On assassine ici... Je viens vous sauver !

— Mes amis ! mes frères !.., Ah ! je veux savoir... Je veux les venger ou mourir à côté d'eux !...

Henri Valbray courait vers la porte, fou de rage...

— Arrêtez !... Nous serions massacrés tous les deux... Je vous dis que je viens vous sauver et je vous apporte la vengeance !...

— Qui êtes-vous ?

— C'est moi qui vous ai donné un parchemin quand vous êtes entré dans cet endroit maudit...

— Où sommes-nous donc ?

— A la Tour de Nesle...

— Horreur !... Ah ! je comprends tout !

L'homme, en un tour de main, se dépouillait de sa barbe et enlevait son masque...

— Me connaissez-vous ? demanda-t-il.

— L'homme d'hier !...

— Oui, l'homme d'hier qui vous a vus, vous et vos amis, abordés par un vieillard dont vous ne pouviez vous défier; l'homme qui vous a conjuré de ne point venir à ce fatal rendez-vous et qui n'a reçu qu'un éclat de rire pour toute réponse... Quand vous serez hors d'ici, n'oubliez pas que je vous attendrai demain à l'hôtellerie du *Pigeon*

Blanc, aux Innocents... Vous demanderez le seigneur Florestan... Maintenant, si vous tenez à la vie — qui commence à peine pour vous — soyez discret jusqu'à ce que je vous revoie... On marche près d'ici, entendez-vous ?... On va venir... Fuyez...

— Par où ?

— Montez sur cet escabeau, ouvrez cette fenêtre... La Seine est au-dessous... C'est le salut !... c'est la vengeance !

— Ah ! qui que vous soyez, comptez sur moi !... Mes pauvres amis !...

L'écolier, tout frémissant, fit ce que venait de lui dire son étrange sauveur, et à peine le bruit de sa chûte se fût-il fait entendre, à peine l'homme eût-il repris sa fausse barbe et son masque, que la porte de la chambre fut violemment poussée en dedans et que le vieux Franceschi apparut, accompagné par une femme voilée...

— Eh bien ! demanda l'italien, est-ce fini ?

— Oh ! répondit l'homme avec la plus sinistre bonhomie, il dort présentement dans la Seine avec un joli trou à l'endroit du cœur...

Et il referma froidement la fenêtre.

— Bien ! fit la femme voilée. Je suis contente... Maintenant, Franceschi, à la barque !...

CHAPITRE IX

OÙ IL EST QUESTION DU CHAGRIN D'AMOUR DES PRINCESSES DE BOURGOGNE, DE L'ESPRIT DE RUSE DE LA RÉGENTE, D'UN VOYAGE D'AGRÉMENT QU'ELLE FAIT HORS PARIS ET DES SUITES PROBABLES D'UNE ATTAQUE D'APOPLEXIE.

Depuis dix jours on n'avait vu, au Louvre, ni Buridan, ni le seigneur Florestan, ni Luigi. Cette abstention de leur part donnait lieu à force commentaires, car on les savait très-haut placés, tous les trois, dans la faveur de la régente et des princesses ses cousines. Seules, ces dernières n'ignoraient pas ou plutôt devinaient la cause réelle de cette réserve, étrange pour les courtisans et les habitués du palais. Prévenues par la lecture qui leur avait été faite à la Tour de Nesle, elles comprenaient bien que les trois amis devaient redouter leur courroux; mais le chagrin que leur avait causé, à la première heure, la mort tragique de leurs amants n'avait pas été de longue durée — nous l'avons vu — et le dépit, l'impatience s'étaient promptement emparés d'elles... Il leur fallait des successeurs à Gauthier d'Aulnoi, à Gaston de Bury et à Raoul de Fresnel !... Et quels gentilshommes, autour d'elles, étaient plus dignes que nos trois amis de régner sur leurs cœurs?... Voilà ce qu'elles se répétaient chaque fois qu'elles pouvaient se voir sans témoins importuns et gênants. Elles exaltaient, à l'envi l'une de l'autre, la beauté et les autres mérites personnels de chacun des absents, et cet échange fréquent d'éloges avait pour conséquence de faire pénétrer chaque jour plus profondément le trait dont elles avaient été frappées...

Disons tout, pourtant : c'était surtout de Florestan et de Luigi qu'elles s'entretenaient; leur brillante jeunesse les éblouissait, leur grâce toute juvénile les séduisait, et si elles prononçaient quelquefois le nom de Buridan, c'était avec cet intérêt purement secondaire qui s'attache à ceux dont la seule intervention, dans un moment donné, a été utile; on leur est reconnaissant, sans doutc, mais en général, ils ne sont que l'ombre de la proie qu'ils ont procurée. En un mot, le capitaine n'avait que la valeur assez infime d'un auxiliaire !

Tels étaient du moins les sentiments de Jeanne et de Blanche de Bourgogne.

Quant à la régente, elle avait porté ses vues amoureuses sur le page de Florestan; elle comptait bien le disputer avec avantage à sa cousine Blanche — qui en raffolait — ; mais pour y parvenir plus sûrement, il fallait absolument qu'elle se débarrassât de Buridan, et elle y songeait d'autant plus sérieusement que le capitaine savait beaucoup trop de choses; qu'il n'avait, depuis son retour auprès d'elle, laissé échapper aucune occasion de lui faire les plus austères observations et de lui donner des conseils dont son ardente nature n'avait que faire, en vérité! Buridan supprimé, elle recouvrait toute sa liberté d'action, elle pouvait impunément oublier son passé puisque personne ne serait là pour le lui rappeler, et aucune influence ne contrarierait ses désirs ou ses projets...

La raison d'Etat ! Les soins du gouvernement!... Qu'étaient ces misérables ennuis en présence des océans de plaisir sans fin et de nuits de voluptés dans lesquels elle ne se sentait vivre que pour s'y plonger tout entière !... Enguerrand de Marigny n'était-il pas là ? A lui le poids fastidieux des affaires ! A lui le soin de puiser dans le trésor public pour satisfaire les goûts et les fantaisies de sa souveraine !...

Mais avec un homme comme le capitaine Buridan, il fallait compter. Pour lutter contre sa loyauté et son amour du bien et du juste, il fallait beaucoup de prudence et beaucoup de ruse...

C'étaient précisément les armes familières à Marguerite de Bourgogne...

. . . .

Le capitaine Buridan était chez lui. Avant de se rendre auprès de son fils et de Florestan — qui avaient quitté Paris depuis quelques jours — il songeait à son passé, aux événements dans lesquels il avait joué un rôle actif et il s'étonnait surtout de la persistance que mettait son jeune ami à refuser de reparaître au Louvre... Il craignait que cette persistance n'eût pour effet de faire connaître à la régente et à ses cousines toute la vérité sur le duel qui avait été si funeste aux trois favoris des princesses et que celles-ci ne se vengeassent d'une façon terrible sur ceux qui les avaient tués...

Buridan se trompait, mais ses appréhensions étaient, au moins en apparence, très-fondées. Il etait homme, voilà tout, et ne pouvait savoir, comme Florestan, combien de contradictions renferment le cœur et l'esprit d'une femme aux ardentes passions qu'elle est habituée à satisfaire en se jouant des obstacles...

En outre, les affaires personnelles du capitaine ne marchaient guère vers la solution désirée: Enguerrand de Marigny était toujours contrôleur général des finances et ce n'était pas en cessant de fréquenter la cour de la régente que lui, Buridan, pouvait espérer la prompte réalisation de la promesse qui lui avait été faite par la reine elle-même...

Il songeait donc à la situation que lui faisait l'énergique volonté du seigneur Florestan — qui avait obtenu de lui l'engagement formel de se soumettre, dans la circonstance, à ses seules inspirations — lorsque l'on frappa à sa porte.

Il s'empressa d'ouvrir, s'attendant à voir son jeune ami, mais il se trouva en présence d'une femme voilée...

Le cœur de Buridan bondit dans sa poitrine : il avait reconnu Marguerite de Bourgogne !

C'était elle, en effet.

Jehan, dit-elle en relevant son voile et en laissant voir son visage éclairé par le plus séduisant sourire, Jehan, pourquoi ne te vois-je plus au Louvre ? Ingrat, qui oublie déjà mes promesses et me force à venir la première vers lui !

— Vous, Marguerite !... vous, ici !...

— Il le faut bien... J'étais trop inquiète, vois-tu... Je voulais savoir si tu n'avais pas été blessé...

— Blessé ! Comment ? Pourquoi !

— Je sais tout, Buridan...

— Que savez-vous donc, Marguerite ?

— Que toi, ton ami Florestan et son jeune page vous avez tué en duel mon capitaine des gardes et deux autres gentilshommes Gaston de Bury et Raoul de Fresnel. N'est-ce pas vrai, Jehan ?

— C'est vrai, Marguerite, mais, sur Dieu, je vous jure...

— Oui, je sais... Vous n'êtes pas coupables.. et la jalousie, l'amour ont tout fait, n'est-ce pas ?

— C'est encore vrai !

— Alors, mon Jehan, pourquoi vous abstenir tous les trois de revenir au Louvre ?

— Nous n'osions, chère Marguerite...

— Dis-moi donc où est la femme qui ne

soit disposée à pardonner à l'homme qui lui donne une aussi grande preuve d'amour ?... Exposer sa vie pour elle, mais c'est sublime, mais c'est héroïque, et il n'y a point de blessure qui ne soit cicatrisée en présence d'un pareil dévouement !

— Quoi ! Marguerite, vous ne nous maudissez pas?

— Je t'aime mon beau capitaine !

Et ce disant. la sirène enlaçait de ses bras le cou de Buridan étonné et charmé tout à la fois.

— Ah ! Marguerite, je te retrouve enfin! dit-il éperdu.

— Oui, tu me retrouves, mon Jehan; mais aujourd'hui je puis ce que je veux et je viens te le prouver... Tu ne douteras plus de moi...

La régente sortit de son aumônière un parchemin qu'elle déplia et le tendit à Buridan qui le dévora des yeux.

C'était un arrêté, revêtu du sceau royal, qui investissait le capitaine Buridan des hautes fonctions de contrôleur général des finances, en remplacement du seigneur Enguerrand de Marigny, destitué.

— Ah ! ma reine, fit Buridan, nous allons faire ensemble de la politique honnête et fructueuse !

— Gardez le secret sur cet arrêté pendant huit jours encore, mon cher ministre. J'ai des dispositions à prendre à l'égard de votre prédécesseur. Mais ce n'est pas tout. Je veux m'attacher vos jeunes amis... Je nommerai le seigneur Florestan à la charge qu'occupait messire Gauthier d'Aulnoi...

— Mais... acceptera-t-il ?

— Pourquoi refuserait-il donc ?

— Voulez-vous que je le consulte ?

— A quoi bon ? Je le verrai moi-même

avant de signer sa nomination.... Et je donnerai une compagnie à son beau page..

Un éclair de vive joie illumina l'énergique visage de Buridan.

— Vous ferez bien, Marguerite. Celui-là est digne de toutes vos faveurs...

— Savez-vous bien, mon cher ministre, que vous et vos amis vous êtes de terribles hommes !...

— Que voulez-vous dire ?

— Je veux simplement dire qu'ayant vaincu les trois plus braves seigneurs de ma cour, c'est que vous êtes, tous les trois, encore plus braves qu'ils ne l'étaient, et que si je vous attache irrévocablement à ma personne et à mon gouvernement, c'est qu'il nous faut des bras forts et des cœurs bien trempés... Je vous admire, voilà tout !...

— Vous êtes bonne et indulgente, Marguerite...

— Où sont vos deux amis ?... Je veux les voir pour leur apprendre moi-même ce que je compte faire d'eux...

— Ils ne sont pas à Paris. Si vous le voulez, je les verrai avant une heure.

— Où irez-vous pour les trouver ?

— A deux lieues d'ici, aux bords de la Seine...

— Pourquoi ont-ils quitté Paris puisque vous y êtes encore ?

— Dans le duel qui fait pleuvoir les honneurs sur nous, Marguerite, Luigi a reçu un coup d'épée...

— Quoi, ce pauvre et charmant enfant a été blessé ?

— Très-grièvement...

— Et vous ne me le disiez pas ?

— Mais grâce à une certaine eau que je possède, la plaie s'est promptement fermée. et comme il n'y avait aucune lésion interne, la convalescence est en très-bonne voie... Je considère dès à présent Luigi comme guéri entièrement. C'est même pour hâter cette convalescence que le seigneur Florestan a voulu emmener son page à la campagne...

— Quand partez-vous, Buridan ?

— Quand vous voudrez, Marguerite.

— Préparez-vous donc, messire capitaine, pour être au Louvre dans deux heures. Armez-vous, car c'est vous qui prendrez le commandement de mon escorte... C'est la reine régente qui veut aller en personne visiter l'intéressant blessé et lui annoncer, de même qu'au seigneur Florestan, son changement de fortune... Telle est ma volonté, mon Jehan. Qu'y trouves-tu à blâmer ?

— Que la volonté de ma reine soit toujours faite !

. . . .

Le lendemain du jour ou plutôt de la nuit où il avait si heureusement échappé aux coups des assassins de la Tour de Nesle, l'écolier Henri Valbray s'était rendu à l'hôtellerie du *Pigeon Blanc* et il y avait eu un long entretien avec le seigneur Florestan. Celui-ci l'avait complètement édifié sur la moralité des princesses de Bourgogne, sur le crime qu'il s'était juré de venger, et n'avait pas eu de peine à se faire du jeune homme — qui était intelligent et indigné — un auxiliaire dévoué et précieux qu'il pouvait employer, pour la réussite de son plan de vengeance, avec d'autant plus de confiance que la gratitude de l'écolier éclatait en protestations des plus énergiques et dont la sincérité ne pouvait faire l'ombre d'un doute.

A cet âge, d'ailleurs, on n'est pas encore familiarisé avec les lâchetés et les trahisons; on est naïf et enthousiaste; or, la naïveté est la sœur de la vérité et l'enthousiasme conduit droit au dévouement.

Donc, à dater de ce moment, Henri Valbray devint le docile instrument des volontés du seigneur Florestan et il s'installa avec joie au chevet de Luigi pour complaire à son intrépide sauveur — ce qui permettait à ce dernier de retourner, chaque soir, à la Tour de Nesle où, sous la fausse apparence du neveu d'Orsini, il pouvait soustraire une victime à la mortelle passion de la régente, car il choisissait avec intention celui des jeunes hommes qu'elle s'était réservé.

. . . .

Nous n'avons pas besoin de dire ici que que toutes les actions de Florestan étaient laborieusement calculées et résultaient du plan qu'il poursuivait avec une ténacité et une patience toutes félines. Il l'avait dit lui-même, on s'en souvient : « Rien ne devait le faire dévier de la route qu'il s'était inexorablement tracée » et tous les moyens lui étaient bons,pourvu qu'ils l'aidassent à préparer et à hâter le dénouement qu'il avait déterminé d'avance depuis le jour où le hasard lui avait révélé le mystère de la naissance de Luigi.

. . . .

Chacun de ceux qu'il avait ainsi choisis était facilement devenu sa créature. Cela se comprend. Aussi chacun d'eux obéissait-il en aveugle aux ordres ou aux moindres injonctions de Florestan qui se trouvait, au bout de dix jours d'orgie à la Tour, avoir à son entière disposition tout un groupe de cœurs reconnaissants et de têtes ardentes dans lesquelles bouillonnaient les plus généreuses aspirations alliées aux précieuses qualités de la jeunesse.

Tous avaient reçu de minutieuses instructions et tous étaient bien résolus à les suivre scrupuleusement.

. . . .

Dès que la blessure de Luigi avait été fermée, et que la cicatrisation s'en était manifestée sous l'aspect le plus satisfaisant, Florestan s'était empressé de le conduire dans cette petite maison des bords de la Seine que nous connaissons et que son père ne quittait plus. Il voulait en même temps que sa convalescence fut hâtée par l'air vif et pur des champs, et le soustraire, au besoin, aux recherches dont il eût pu être l'objet à l'occasion du duel dans lequel il avait failli perdre la vie.

Henri Valbray avait suivi l'intéressant blessé et, sur l'ordre de Florestan, il se partageait entre le soin qu'exigeait encore Luigi et la surveillance qu'il fallait exercer sur le vieux Matheï — dont les forces paraissaient s'en aller avec sa raison qui, de plus en plus, semblait se concentrer sur cette idée unique dont nous avons déjà parlé. Le pauvre père, en effet, ne disait presque jamais rien et ne répondait aux questions qu'on lui adressait que par des monosyllabes ou par des phrases sans suite et souvent étrangères au sujet dont on voulait l'entretenir.

. . . .

Buridan ne s'était pas trompé ; la guérison de Luigi avançait rapidement vers son terme et le jeune homme était, un jour, accoudé sur la fenêtre de sa chambre, en compagnie d'Henri Valbray, lorsqu'ils virent venir, du côté de Paris, une petite troupe de cavaliers armés, entourant une litière. Cette troupe, lancée au grand trot, se dirigea droit sur la maison et ne s'arrêta que dans la cour...

A ce moment même, des cris de terreur se firent entendre du côte de l'appartement qu'occupait l'ancien marchand lombard et, presque aussitôt, Flora parut dans son gracieux négligé féminin. Elle était pâle et fort agitée.

— Henri, fit-elle vivement, courez auprès de mon père et ne le quittez pas. Surtout, qu'il reste chez lui et ayez soin que les portes et les fenêtres de son appartement ne s'ouvrent point. Vous, mon cher Luigi, allez au devant des personnes qui viennent d'arriver, parmi lesquelles j'ai cru reconnaître le capitaine Buridan, et faites-les attendre jusqu'à ce que je puisse les recevoir Vous me comprenez ?

Les deux jeunes gens sortirent avec empressement, tandis que Flora disparaissait pour aller changer de costume.

. . . .

Nicolas Matheï est seul dans une petite pièce de son appartement. Le temps, qui est splendide, a permis d'ouvrir l'unique fenêtre de cette pièce — à l'ameublement simple, mais confortable. Le vieillard se promène d'un bout à l'autre de la chambre et, de temps en temps, s'arrête devant la fenêtre comme pour admirer le magnifique tableau qu'offre de ce côté la campagne. Tout à coup l'ancien marchand pâlit... Il voit entrer dans la cour de la maison une litière traînée par deux mules et escortée par une troupe de cavaliers en armes. N'ayant plus qu'une seule idée saine, il s'imagine aussitôt que l'on vient arrêter sa fille... Il entrevoit le dernier des supplices pour elle !... Il pousse des cris de frayeur et de désespoir... Il court en chancelant dans la chambre, ne sachant trouver aucune issue; le sang afflue à son cerveau malade, d'affreux bourdonnements envahissent ses oreilles, un voile rouge passe en tournoyant devant ses yeux et le malheureux père, qui sent le sol trembler et fuir sous ses pieds, tombe de toute sa hauteur en prononçant des paroles incohérentes...

Il était en proie à une attaque d'apoplexie !...

C'est à cet instant que l'écolier Henri Valbray, envoyé par Flora, fait irruption dans sa chambre. Sans perdre une minute, sans appeler à l'aide, il s'élance, prend le vieillard dans ses bras, le porte sur son lit et, mettant l'un de ses bras à nu, il pratique immédiatement une saignée..

Le jeune homme, fréquentant des étudiants de toutes les facultés, a compris la situation et se met à agir de manière à prouver qu'il ne perd point la tête.

. . . .

Pendant que se passait la triste scène que nous venons d'esquisser, la reine régente— qui était descendue de sa litière — vit venir à elle le jeune page pour lequel sa royale fantaisie lui avait fait quitter le Louvre et Paris. Luigi, la rougeur au front, vint s'incliner profondément devant elle et attendit, dans une attitude pleine d'une respectueuse dignité, qu'elle daignât parler la première...

D'un signe, Marguerite éloigna son escorte, moins Buridan —dont l'émotion était grande quoiqu'il la dissimulât sous une apparence de froide gravité — et, tendant la main au jeune convalescent avec une grâce charmante, elle lui dit du ton le plus aimable :

— Vous avez eu le courage de braver la mort pour nous, cher enfant, et nous avons voulu vous venir voir en personne, en attendant que vous puissiez reprendre le chemin du Louvre — que vos amis ont beaucoup trop négligé, depuis quelque temps.

— Ah ! Madame la Reine, que de bontés !...

Et Luïgi, en faisant cette réponse, rougit plus fort parce que ses yeux venaient de rencontrer le regard fulgurant de la régente.

— Nous serions ingrates, nous et nos bien aimées cousines, si nous ne savions apprécier et reconnaître la preuve de dévouement que vous nous avez donnée en vous mesurant, vous et vos amis, dans un duel terrible, contre trois gentilhommes — braves et fidèles, sans doute, mais qui ont eu le tort d'oublier, dans leur aveugle jalousie, que le soleil luit pour tout le monde...

. . . .

Ainsi, c'était par un ignoble jeu de mots — donnant bien la mesure d'une dépravation qui ne cherchait point à se déguiser — que cette courtisane couronnée insultait aux mânes d'un homme qui avait été l'esclave passionné de ses volontés et de ses caprices et qu'elle avait elle-même choisi entre tous !...

Eclatante leçon pour les courtisans qui ont la folie de croire à l'attachement désintéressé et durable de ceux qu'on appelle — à tort ou à raison — les grands de ce monde !...

La véritable grandeur n'est point dans le rang que la naissance ou d'heureux événements peuvent nous donner : elle est toute et exclusivement dans le caractère et dans le sentiment du bien et du juste que nous ne devons qu'à Dieu !

. . . .

— Et le seigneur Florestan, demanda la régente quand elle se fut fait rendre compte de tous les détails relatifs à la blessure reçue par Luigi et qu'elle eut acquis la certitude de sa guérison. — Et le seigneur Florestan, ne le verrai-je donc pas ? Est-il absent ? Est-il malade?

— Mon maître, répondit le jeune page, ne sait pas sans doute que notre belle souveraine a daigné venir chez lui... Je suis prêt à conduire madame la Reine... ou à faire appeler le seigneur Florestan...

Marguerite posa une main sur l'épaule du jeune homme et dit :

—Conduisez-nous, beau page...

— Nous n'irons pas loin sans rencontrer notre loyal ami, fit Buridan, car le voici qui accourt...

En effet,Florestan descendait rapidement les degrés qui séparaient la maison de la cour, et venait s'excuser de n'avoir pas paru plus tôt, ignorant, dit-il, que sa gracieuse souveraine lui faisait l'insigne honneur de venir dans son humble logis où il serait heureux de la recevoir...

— Restons ici, on y est bien, fit Marguerite. J'étais impatiente d'avoir des nouvelles certaines de notre intéressant blessé et de savoir ce que vous deveniez vous-même, seigneur Florestan...

Florestan s'inclina et voulut protester contre ces flatteuses paroles...

— Oh ! surtout, ajouta la reine, pas de modestie !... Vous êtes devenus, les uns et les autres, pour la régente et ses cousines, des amis indispensables, et je veux, vous entendez ? je veux que vous reparaissiez au Louvre dès que les forces de notre cher Luigi lui permettront de faire le voyage de Paris. Je vois bien que cela ne peut tarder heureusement, et, d'ailleurs, vous y devez venir pour remplir les charges dont nous vous avons investis...

L'étonnement de Florestan et de son page amusèrent un moment la reine qui en jouissait manifestement. Buridan souriait sous ses noires moustaches.

— Luigi et moi, madame, dit Florestan, nous déclarons ne point comprendre.

— Mes gardes ont besoin d'un capitaine, seigneur, continua Marguerite,et c'est vous qui avez été choisi pour remplacer messire Gauthier d'Aulnoi...

— Moi, madame ? fit Florestan avec une profonde stupéfaction.

— Oui, seigneur... Puisque vous avez *conquis* son brevet, il est à vous !

— Mais, Madame...

— Et nous donnons une compagnie de lansquenets à ce charmant jeune homme.., qui, s'il a le regret de n'être plus votre page,aura du moins le droit d'être orgueilleux de commander à des hommes !...

Ici,la reine de Navarre prit à deux mains la tête de Luigi, prêt à tomber sous le poids de son émotion, et le baisant au front...

— Voilà, dit-elle, la signature du brevet

en attendant le brevet lui-même... qui vous sera remis solennellement au Louvre la première fois que je vous y reverrai, en compagnie, bien entendu, de votre maître et du capitaine Buridan... A propos du capitaine, messires, saluez donc en lui notre nouveau contrôleur général des finances...

Florestan tendit ses deux mains au capitaire...

— Ah ! mon ami, fit-il, voilà ce que notre régente a fait de mieux et de plus habile aujourd'hui !

Luigi, sans dire un mot, se jeta dans les bras de Buridan qui le pressa énergiquement sur son cœur — dont les battements avaient une violence que le lecteur comprendra mais qui était tout-à-fait ignorée de Marguerite — assez surprise de ces épanchemens aussi sincères que spontanés.

— Ah ! messires, dit-elle, on voit que vous vous aimez bien !

— Et de tout notre cœur, madame ! répondit Buridan dont les yeux étaient tout humides,

— Eh bien ! je vous laisse ensemble tous les trois... pour que vous puissiez librement échanger vos impressions sur notre royale détermination...

— Et votre escorte, Madame ? demanda Buridan.

— Oh ! elle me reconduira bien sans vous, capitaine. Adieu, messires, et n'oubliez pas que si vous devez entrer en fonctions dans huit jours, nous comptons vous voir à notre lever avant ce temps-là...

Marguerite donna sa blanche main à baiser à ceux dont elle était convaincue d'avoir fait des heureux, remonta en litière et reprit la route de Paris au milieu de la poussière que soulevait la rapide allure de son escorte.

. . . .

Peu après le départ de Marguerite de Bourgogne, Buridan et Luigi se promenaient seuls dans un sentier ombreux qui cotoyait la Seine, et Flora — qui avait repris les vêtements de son sexe — entrait dans la chambre de son père... qu'elle trouvait endormi et calme. Les soins d'Henry Valbray avaient suffi pour écarter au moins tout danger immédiat.

La jeune fille fit signe à l'écolier de la suivre et l'emmena dans une chambre voisine pour ne point troubler le repos du vieillard.

— Eh bien ! demanda-t-elle avec une vive anxiété, que s'est-il passé ? Qu'a donc eu mon pauvre père ?

— Une attaque d'apoplexie, damoiselle; mais il n'y a aucun péril à redouter. Une saignée était nécessaire, j'ai pu la pratiquer à temps... Seulement, je ne dois pas vous laisser ignorer...

— Quoi donc ? Parlez vite...

— Maître Matheï sera probablement atteint d'une paralysie partielle... Je crains pour l'œil et le bras gauches — qui sont, en ce moment, tout à fait inertes... Il se se pourrait même que la jambe, du même côté, fût très-gênée dans ses mouvements...

— Mon Dieu !

— Mais je réponds de la vie, damoiselle. Demain, si vous le voulez, j'irai à Paris chercher un mire qui vous dira si je me trompe — ce que je souhaite de toute mon âme !

— Oui, Henri, vous irez à la première heure... Et... mon pauvre père n'a rien dit au moment de cette affreuse attaque ?

— Pardonnez, damoiselle... il a parlé...

— Qu'a-t-il dit ? Répétez-moi ce que vous avez entendu...

— Et d'abord, je suis persuadé que la vue de ces gens armés qui viennent de partir et au milieu desquels j'ai reconnu l'infâme qui règne à la fois au Louvre et à la Tour de Nesle...

— C'était elle, oui, mais racontez-moi vite, je vous en prie, ce qu'a pu dire mon malheureux père...

— La vue de ces gens armés lui a certainement causé une grande frayeur et il ne faut attribuer qu'à cette frayeur l'attaque qu'il vient d'avoir...

— Je le crois comme vous; mais...

— M'y voici, damoiselle... Quand je suis entré dans sa chambre, maître Matheï était etendu sur le plancher; les yeux tout grands ouverts et hagards, et il disait : « Ils viennent arrêter Flora !,.. Ils vont la conduire
» au supplice !... Et le roi ne vient pas...
» Je ne puis encore lui faire parvenir ce
» coffre de fer... Je l'ai prise dans son au-
» mônière, cette lettre.. Elle ne le sait pas..
» Je la sauverais... si le roi était de re-
» tour... Ce coffret peut perdre Marguerite

» de Bourgogne... et la reine perdue, c'est
» le salut, c'est le repos pour ma fille !...
» Je l'ai trouvé au pied du quatrième ar-
» bre... J'ai longtemps gratté la terre... Je
» l'ai caché à mon tour, ils ne le trouveront
» pas... Quand le roi reviendra-t-il ?... »

Voilà ses paroles, damoiselle; je les ai mises sur le compte d'un dérangement momentané du cerveau...

Pendant cet étrange récit, Flora se troubla plus d'une fois. Ce qu'avait dit son père etait un trait de lumière pour elle ! Elle se trouvait enfin, au moment où elle y songeait le moins, sur la trace de ce coffret dont la disparition avait si fort desappointé le capitaine Buridan...

— C'est bien, dit-elle avec un tremblement dans la voix. Pas un mot à qui que ce soit de ce que vous venez de me raconter. Surveillez mon père — que je sois ici ou absente — de manière à voir tout ce qu'il fera. Suivez-le, épiez-le et rendez-moi compte de tout ce que vous aurez vu ou entendu... S'il peut marcher bientôt et s'il sort, sortez derrière lui. Il faut que je connaisse toutes ses actions, toutes ses démarches. De votre attention à faire ce que je vous recommande et de votre discrétion dépendent peut-être de très-graves événements... Ne l'oubliez jamais!...

— N'ayez crainte, damoiselle... Vous savez bien que je vous suis dévoué et que je vous ai voué ma vie qui, sans vous, ne serait plus même un souvenir que pour ma bonne mère !

. . . .

Flora descendait au jardin pour y rejoindre le capitaine Buridan et son fils... Elle songeait aux conséquences possibles de ce qu'elle venait d'apprendre et, sans en avoir conscience, elle parlait tout haut :

— Si je retrouve le coffret, disait-elle, je ferai mon devoir... Il n'y a pas deux manières d'être loyal et honnête !... Et pourtant, comme son contenu servirait ma vengeance !... Attendons encore avant de parler... D'ailleurs, où est-il ce coffret ? Que contient-il ? Buridan ne me l'a pas dit dans cette lettre que j'ai si sottement oublié de retirer de mon aumônière... Oh ! il me le faut, ce coffret ! Il me le faut ! Quand je l'aurai, nous verrons !...

CHAPITRE X

OÙ IL EST PARLÉ DES RELAIS DU SEIGNEUR FLORESTAN ET DES MOYENS QU'EMPLOYAIT MARGUERITE DE BOURGOGNE POUR OBTENIR DE L'ARGENT ET POUR SE DÉBARRASSER DE CEUX QUI LA GÊNAIENT.

Tous les jours le capitaine Buridan allait au Louvre. La reine et les princesses se montraient charmantes pour lui et il ne conservait plus le moindre doute sur sa prochaine élévation. Ce qui contribuait encore à augmenter sa sécurité et sa confiance, c'était l'engagement non sollicité qu'avait pris la régente de pourvoir à l'avenir de Luigi en lui donnant une compagnie; c'était aussi le désir exprimé par Marguerite de voir le seigneur Florestan à la tête de ses gardes. Restait à savoir si celui-ci accepteraitcette charge importante et qui ne pouvait manquer de lui donner, à la cour, une influence considérable. Quoiqu'il en fût, à cet égard, tous les souhaits de Buridan allaient s'accomplir : son fils, entré dans la voie des honneurs, aurait sous peu une position enviée de bien des gentilshommes, et lui pourrait enfin appliquer, en vue du bien et de la prospérité de son pays, des théories politiques laborieusement étudiées et mûries depuis longtemps déjà... Il ne rêvait plus que gloire et succès, s'efforçant chaque jour, dans d'intimes entretiens, de ramener la reine de Navarre — l'étoile aimée de sa jeunesse — à des sentiments de loyauté et de vertu qui devaient, pensait-il, la faire véritablement grande et honorée.

Ces tentatives, dont toute autre qu'elle eût su gré à Buridan, n'avaient d'autre mérite que de l'agacer, que de l'irriter outre mesure, et quand le futur contrôleur-général la quittait avec la conviction d'avoir fait un pas de plus dans l'estime de sa souveraine; quand il avait la joie d'emporter avec lui de nouvelles promesses d'amendement; quand il croyait que Marguerite de Bourgogne — honteuse de son passé — touchait à l'heure heureuse de sa réhabilitation morale, celle-ci frémissait d'impatience et de colère, secouait la contrainte qu'elle venait de s'imposer et n'attendait plus, pour le condamner irrémissiblement, que le retour de Florestan et de Luigi qu'elle voulait, avant toutes choses, s'attacher aussi bien par la reconnaissance que par l'amour...

Ce qui sauvait donc momentanément le capitaine — trop honnête homme pour avoir maintenant des soupçons sur la sincérité de la régente — c'était la convalescence de Luigi.

. . . .

Mais cette convalescence, qui avait sitôt succédé aux craintes les plus sérieuses — et cela grâce à là pharmacie portative de Buridan — faisait place, elle-même, à la plénitude de la santé. Le jeune homme recouvrait rapidement ses forces et il fut le premier à parler à Flora de leur réapparition au Louvre. Cette dernière accueillit cette ouverture avec une visible répugnance.

— Il est encore trop tôt, mon cher Luigi, lui dit-elle, sinon pour vous, pour votre santé, du moins pour mes projets. J'attends des nouvelles. Tant que je ne les aurai pas reçues, je ne pourrai accepter la charge de capitaine des gardes et, s'il faut tout vous dire, vous ne pourrez me servir comme je le voudrais...

— Expliquez-vous, de grâce !

— Je ne le puis encore, Luigi... Vous m'aimez toujours, n'est-ce pas ?

— Ah ! pouvez-vous le demander, Flora, quand vous savez, quand vous voyez que chaque heure qui s'écoule ajoute à mon doux tourment ?

— Et vous êtes toujours résolu à faire toutes mes volontés ?

— Ah ! commandez, ordonnez... Je suis et veux être à jamais votre esclave !

— Eh bien ! donc, écoutez-moi...

Et, rapprochés l'un de l'autre, la bouche de Flora presque à l'oreille de Luigi, le jeune page, tour à tour stupéfait,épouvanté, découragé et se tordant les mains, reçut la plus étrange des confidences, celle des projets de son amie — qui était aussi, on le voit, son maître absolu...

— Voilà ce qu'il faut faire ! voilà ce que je veux ! dit la jeune fille en terminant son exposé... Ma vengeance ne sera entière, complète,qu'après ces choses accomplies... Ne voulez-vous plus m'aider, cher Luigi?

Tout en parlant ainsi, Flora avait passé un bras autour du cou de son page et le regardait avec une expression de tendresse que celui-ci ne lui avait jamais vue depuis qu'il s'était dévoué à elle...

Il pâlit sous ce regard enchanteur et, près de défaillir, il murmura :

— Je suis à vous, Flora ! Je n'aurai pas d'autre volonté que la vôtre...

— Et moi, Luigi, rappelez-vous mes paroles de ce moment, moi je me souviendrai de votre soumission... Elle me donne la mesure des sentiments que je suis fière de vous inspirer... Et qui sait ? un jour, peut-être...

Elle se tut, mais elle ne cessait de le regarder avec ses beaux yeux noirs tout chargés d'effluves enivrantes...

— Que dites-vous, Flora ? fit Luigi avec transport. Il se pourrait...

— J'ai dit : peut-être...

Le jeune homme tomba à genoux comme pour adorer son idole...

Elle le releva en lui donnant ses deux mains à baiser.

. . . .

La population de Paris semblait respirer

plus à l'aise: depuis plusieurs jours la Seine ne charriait plus de cadavres!... Pourquoi? — Les exhortations du capitaine Buridan portaient-elles enfin leurs fruits ? La lassitude de l'orgie et du meurtre s'était-elle emparée des princesses de Bourgogne ? — Point. Les messalines royales se recueillaient tout simplement en attendant Florestan et Luigi !... Elles se préparaient pour une de ces nuits qui font époque dans la vie de ces créatures pour lesquelles les plus hideux excès sont un besoin comme l'air qu'elles respirent !,.. Et cette attente attisait — qu'on nous passe le mot — le feu de l'adultère qui les dévorait; elle avait, au moins, pour conséquence heureuse, d'éloigner de leur pensée les amours d'une heure qui avaient fait d'elles des monstres!...

Buridan — qui avait revu Florestan — prenait soin d'entretenir l'espoir de la Régente et de ses cousines. Il savait que la Tour de Nesle ne sortait point, depuis le voyage de Marguerite chez son jeune ami, de son imposant silence, et cela suffisait à l'affermir dans le rôle qu'il s'était tracé et auquel il attribuait, en grande partie, la nouvelle conduite des princesses...

De son côté également, nous le savons, Florestan attendait... Son impatience était tout aussi grande que celle des ribeaudes du Louvre, mais elle avait un tout autre objet que la leur...

Chaque jour, vers le soir, il allait s'installer dans cette pauvre maison de la rue de la Parcheminerie, où vivait naguère la famille Orsini, et il y passait une heure... Il y recevait invariablement la visite de l'un des écoliers qu'il avait sauvés à la Tour de Nesle et il n'en sortait que pour se rendre à la Tour, où le vieux Franceschi prenait plaisir à le recevoir. L'italien s'était vite habitué à ses allures jeunes et à son vif esprit, mais depuis bientôt huit jours, ils se séparaient sans causer beaucoup, car il n'y avait *rien à faire*. La place de Franceschi devenait une véritable sinécure !... Ils se réjouissaient tous les deux de cet état de choses sans pourtant se le dire, mais l'un parce qu'il aspirait au calme si nécessaire à la vieillesse, l'autre parce que la nuit il n'y avait plus de jeunes cœurs cessant de battre sous la déchirure inexorable du poignard.

. . . .

Entre Paris et les villes où sejournait le roi Louis de Navarre, dit *Le Hutin*, Florestan avait, à force d'argent, semé des relais d'écoliers ayant chacun un vigoureux cheval à sa disposition. Le plus éloigné d'entr'eux, c'est-à-dire celui qui suivait la cour dont s'était entouré le jeune prince — héritier présomptif du roi Philippe-le-Bel — avait pour mission de s'informer à toute heure du jour, de ce que faisait, de ce que projetait le roi de Navarre pendant son voyage dans les provinces du nord et de l'est du royaume, et de transmettre le résultat de ses investigations à celui de ses camarades qui gardait le relai le plus rapproché de lui. Celui-ci, à son tour, faisait connaître ce résultat au relai suivant et ainsi de suite jusqu'à la rue de la Parcheminerie De sorte que, bien mieux que la régente, Florestan savait, chaque jour, les faits et gestes de Louis le Hutin...

Or, un soir, un peu avant la tombée de la nuit, un cavalier entra dans Paris par la porte Saint-Honoré. Il était pressé, car il labourait de coups d'éperons les flancs de sa monture qui, pourtant, traversait au grand galop la foule de marchands criant, d'écoliers chantant et de populaire piaillant qui encombrait, dès cette époque, les rues et carrefours de l'antique Lutèce... Il alla droit jusqu'à l'hôtellerie la plus voisine de la rue de la Parcheminerie, où il s'arrêta court. Il sauta lestement à terre, jeta la bride au premier valet accouru à son appel et se dirigea pédestrement et en courant vers la maison d'Orsini — où certainement on l'attendait, car au bruit qu'il fit en poussant devant lui la porte de la rue, un homme sortit de l'ancienne demeure de l'italien — située, comme on sait, au fond d'une cour — et se plaça bien en vue sur le seuil de cette demeure. Le cavalier marcha vers cet homme qui se retira aussitôt dans la maison en ayant soin d'en fermer la porte dès qu'ils y furent entrés tous les deux...

— Eh bien ! dit Florestan — que le lecteur a reconnu — quelles sont les nouvelles aujourd'hui ?... Vous paraissez plus pressé que de coutume...

— C'est vrai, seigneur Florestan... Les nouvelles sont que le roi, pris ce matin d'indisposition au milieu d'une fête que lui donnait l'échevinage de Péronne, a parlé de son retour très-prochain dans la capitale...

Florestan tressaillit.

— Vous êtes bien sûr ? fit-il avec explosion.

— Très-sûr, seigneur Florestan. Il a même aussitôt donné des ordres pour que ses chevaux et sa litière fussent tenus tout prêts.

— Bien, mon ami. Allez prendre un cheval frais, retournez à votre poste, apportez-moi bientôt la nouvelle de l'arrivée de monseigneur le roi et faites savoir à vos amis que l'heure de la vengeance est proche...

— Oh ! seigneur Florestan, Dieu vous entende !

— Repliez-vous tous sur Paris, comme je vous l'ai prescrit, au fur et à mesure que le roi de Navarre s'en approchera lui-même et venez me voir à votre arrivée... Vous me trouverez toujours ici à l'heure présente... Allez, et bon espoir !

Le cavalier salua et sortit.

. . . .

Florestan sortit bientôt après, ferma soigneusement les portes de ce bouge qui était devenu, pour lui, un pied-à-terre à Paris et marcha rapidement jusqu'à l'hôtellerie du *Pigeon Blanc*, où il avait toujours un cheval tout harnaché, sauta en selle et prit à bride abattue la route de la maison des bords de la Seine — où son vieux père se remettait peu à peu de sa dangereuse attaque d'apoplexie.

Au bout d'une demi-heure, il y arrivait et demandait Henri Valbray qui s'empressa d'accourir...

— Henri, lui dit Florestan, vous pourrez annoncer à mon père, dès demain, que le roi de Navarre doit rentrer très prochainement dans Paris, et... souvenez-vous de tout ce que je vous ai recommandé.

— Ayez toujours confiance, seigneur Florestan... Je ne cesse de veiller.

— Allez dire à Luigi que je l'attends...

Le jeune page entra un moment après dans la chambre où se trouvait Florestan.

— Mon cher Luigi, dit aussitôt son maître d'un ton tout joyeux, vous êtes assez fort pour retourner à Paris, n'est-ce pas ?

— Je suis assez fort, surtout, cher seigneur, pour vous servir... Que voulez-vous de moi ?

— Je désire que nous assistions tous deux, demain, au lever de madame la régente de France...

— Je suis à vos ordres, cher maître, vous le savez bien...

— Pendant notre court voyage — que nous ferons au pas pour ne point vous fatiguer — je vous donnerai mes dernières instructions... Bonne nuit, mon beau page !... Vous voyez, mon ami, je vous parle comme la régente elle-même...

— Mais chère Flora, vous ne pensez pas comme elle !...

— Que préférez-vovs, Luigi ?

— Je vous aime, Flora, je vous aime plus que tout au monde !

. . . .

Nous n'avons pas besoin de dire si nos deux amis furent fêtés, le lendemain, lorsqu'ils firent leur rentrée au Louvre !

Avant que la princesse Blanche eut en le temps de jeter sur Luigi un long regard de convoitise, la régente s'en était emparée, et, l'entraînant dans l'angle formé par une haute fenêtre, elle lui dit sans vergogne et les inquiétudes que sa convalescence lui avait occasionnées, et l'ardent désir qu'elle avait de le revoir ailleurs que devant les importuns courtisans dont ils étaient entourés, et le bonheur qu'elle attendait de lui, de sa beauté, de sa jeunesse...

La glace était rompue ! La reine de Navarre n'était plus qu'une femme vulgaire s'abaissant jusqu'à changer de rôle avec les hommes ! Marguerite de Bourgogne était dans son élément !... Loin de chercher à à lutter pudiquement contre la passion qu'elle éprouvait pour cet enfant — qui ne savait encore que rougir et balbutier — elle étalait effrontément cette passion et faisait litière de toutes les vertus de son sexe !...

Par discrétion, nul, entre les courtisans, n'osait approcher du groupe qu'elle formait, seule avec Luigi, et elle put, dès lors, donner toute carrière à sa fouge, hélas ! trop naturelle....

Le pauvre page était aux abois... Se souvenant des confidences récentes de Flora — dont le regard ne le quittait pour ainsi dire pas — il n'osait faire comprendre à sa royale interlocutrice que ses tentatives ne s'exerçaient que sur un cœur qui ne pourrait jamais battre pour elle puisque toutes ses pulsations étaient pour une autre plus belle, plus jeune et surtout plus pure! Il devait, au contraire, écouter la régente avec toute la docilité possible et accueillir avec une apparence de bonheur toutes les avances qu'elle s'empressait de lui faire. Quel supplice pour lui !... Et quel profond dégoût lui inspirait cette femme qui lui parlait d'amour — sans y être aucunement provoquée — et qui peut-être songeait déjà à l'heure où elle ordonnerait sa mort !...

A la vérité, Flora lui avait dit, la veille encore : « Vous m'obéirez, mais rassurez-vous, je serai près de vous et je vous arracherai, s'il le faut, des bras de la reine ! » Flora lui avait dit cela; il savait bien qu'elle veillerait sur lui, qui ne devait agir que pour l'aider à se venger; mais la reine avait la puissance qui permet tout; un geste, un mot lui suffisaient pour écarter Flora, et lui, le malheureux page, que deviendrait-il ?....

Telles étaient ses pensées tandis que la régente lui parlait un langage de feu en lui pressant frénétiquement les mains, et il obéissait pourtant à la muette injonction que lui adressaient les regards de Flora toujours fixés sur lui !... Il parvint même, à force de volonté, à faire entendre à la reine ravie quelques paroles de tendre gratitude...

Messaline triomphait!...

. . . .

Pendant trois jours cette scène scandaleuse se renouvela et la princesse Blanche en avait grand dépit... Raoul de Fresnel n'était pas remplacé et sa cousine Marguerite se refusait à passer à la Tour de Nesle quelques unes des nuits qui trompaient au moins les désirs et faisaient oublier les morts... Comment faire pour vaincre sa cousine dans ce tournoi de passion?... Elle ne chercha pas longtemps. Laissant sa sœur Jeanne aux prises avec le beau Florestan — qui ne se défendait que très-mollement et faisait même entrevoir l'instant prochain où il perdrait entièrement le souvenir de cette infranchissable distance qui le séparait d'une princesse royale et derrière laquelle il se retranchait naguère — Blanche de Bourgogne avait énergiquement résolu de s'emparer du cœur du séduisant page et d'employer le seul moyen qui fût en son pouvoir...

Elle avait fait venir près d'elle un officier de lansquenets qui avait beaucoup aimé Gaston de Bury, son capitaine. Cet officier n'était pas beau, mais il était jeune et avait de l'encolure. C'était tout ce qu'il fallait à Blanche, qui prisait avant tout les qualites physiques... Moyennant un de ces sacrifices qui ne coûtent guère à certaine espèce de femmes, avait elle facilement obtenu de cet officier qu'il irait trouver le roi de Navarre partout où besoin serait, et qu'il lui remettrait un message sans dire de qui il le tenait... Or, ce message devait tout simplement dévoiler au roi le malheur dont il était frappé, à son insu, depuis son mariage avec Marguerite de Bourgogne !

Ce n'était pas bien compliqué, on le voit, mais le lecteur sait que ce moyen — si suranné de nos jours — a toujours parfaitement réussi : c'est le seul beau côté de la trahison, en pareil cas.

L'officier était parti à franc étrier — heureux et fier à la fois de sa bonne fortune inattendue — et la princesse Blanche, pleine d'espoir, riait sous cape du bon tour qu'elle venait de jour à sa chère cousine...

. . . .

Nous avons déjà dit quel désordre régnait — à cette époque de licence gouvernementale — dans les finances publiques. Les gouvernants ne faisaient, d'ailleurs, que continuer les dilapidations de leurs prédécesseurs, car depuis longtemps déjà les exactions, l'énormité des taxes dont le commerce et l'industrie avaient à souffrir étaient passées à l'état d'habitude. On sait, du reste, d'où venait le nom de *faux-monnayeur* donné à Philippe-le-Bel, et nous n'étonnerons personne en disant ici que l'entourage immédiat du roi, les princesses de sa cour et le roi lui-même puisaient sans compter et à pleines mains dans les coffres qui ne s'emplissaient plus que des sueurs de la nation et du produit de toutes sortes de rapines.

Il n'y avait donc rien d'extraordinaire à ce qu'un jour la reine de Navarre, mandant près d'elle le contrôleur général Enguerrand de Marigny, lui tînt ce langage :

— Messire de Marigny, notre escarcelle est si bel et bien vite qu'il nous est de toute impossibilité de faire face aux plus strictes obligations de notre rang... Ne pouvez-vous la remplir de nouveau ?

— Madame la régente, répondit le seigneur Enguerrand avec une moue très-significative, mes coffres crient misère, et je ne sais vraiment à quel saint me vouer pour faire honneur aux engagements sacrés de l'Etat !...

— Messire de Marigny, il y a de par le monde un homme — un homme très-honnête et fort savant en beaucoup de choses —

qui voudrait bien vous remplacer dans vos fonctions de contrôleur général. Il sait très-probablement que si ces fonctions sont parfois délicates et difficiles, elles sont aussi des plus profitables, et je le soupçonne d'être envieux de songer à son tour à ses propres affaires... En un mot, je crois qu'il sait que la gérance de la fortune publique lui permettra d'arrondir promptement la sienne... N'est-ce pas aussi votre opinion ?

— Madame la régente daigne plaisanter, fit Marigny entre haut et bas.

— Nullement, messire, et je suis tentée de mettre cet homme à l'épreuve... d'autant plus qu'il se fait fort de me compter, toutes les semaines, la somme que vous ne mettez à ma disposition que tous les mois...Avouez, messire, que l'habileté de cet homme est digne d'être prise en considération...

— Cette habileté est plus apparente que réelle, madame, et je flaire un ennemi dans l'imprudent qui s'avance à ce point... Que je sache son nom et je promets bien de le faire arrêter le jour même où j'apporterai à la régente de France plus qu'il ne faudra pour remplir sa royale escarcelle...

— Est-ce votre dernier mot, messire de Marigny ?

— Vous avez droit d'exiger, madame, et mon devoir est d'obéir... Les parisiens vont jeter feu et flammes, mais nous avons des hommes d'armes pour les apaiser...

— C'est merveille que de voir avec quelle facilité vous saisissez le vrai côté d'une question...

— Madame la régente est satisfaite de son humble serviteur ?

— Enchantée, cher contrôleur...

— Alors, madame la régente ne refusera pas de me dire le nom de cet homme qui me porte envie ?

— C'est le capitaine Buridan.

— Ah !... j'aurais dû le deviner !... Et daignerez-vous, madame, signer l'ordre qu'il me faut pour que j'agisse contre lui en toute liberté ?

— Je signerai tout ce que vous oudrez pourvu que cette affaire soit promptement terminée...

— Ah ! quelques jours à peine ; le temps rigoureusement nécessaire à la préparation du procès qui doit l'envoyer du Grand-Châtelet à Montfaucon... J'y mettrai des formes, sans doute, parce que le capitaine Buridan n'est pas le premier venu; mais je veux lui prouver que nul ne doit conspirer impunément contre les pouvoirs établis !

— C'est bien dit, seigneur Enguerrand, et je vous approuverai jusqu'au bout.

. . . .

Florestan quittait la maison de la rue de la Parcheminerie Il paraissait être dans une grande agitation, car il marchait très-rapidement, faisait, sans s'en apercevoir, des gestes que les passants qu'il coudoyait remarquaient avec surprise, et levait à chaque instant ses yeux vers le ciel en murmurant :

— Oh ! Henri, tu vas être vengé !...

Il marcha ainsi, de cette allure d'insensé, jusqu'à l'hôtellerie du *Pigeon Blanc* dans laquelle il entra précipitamment. Au lieu de monter à la chambre qu'il y avait, nous le savons, et dont il avait repris possesion depuis sa rentrée au Louvre, il alla droit à celle de Buridan qu'il trouva grande ouverte dans un inexprimable désordre : les meubles y avaient leurs tiroirs béants; les tables et les escabeaux y étaient renversés et y jonchaient le sol pêle-mêle avec des vêtements et quantité de parchemins de toutes sortes — affreusement déchirés en miettes. Tout indiquait enfin que la violence avait passé par là... L'agitation du seigneur Florestan tomba comme par enchantement à la vue de ce cataclysme, et il se mit à chercher minutieusement, parmi les ruines, quelque preuve, quelque indice de la vérité qui, manifestement, lui echappait... Il fit donc le tour de la chambre, explorant les tiroirs ouverts et les meubles renversés... Ce fut en vain. Il ne vit, il ne découvrit rien qui pût lui révéler la cause de ce désordre.

Il sortit de la chambre et descendit chez l'hôtelier qu'il trouva bouleversé, attéré — comme son personnel. Valets, servantes, marmitons, tout le monde était morne et muet comme sous l'effet d'un coup de foudre, et semblait avoir fui toutes les dépendances de l'hôtellerie pour se réfugier en masse dans la vaste cuisine qui était au fond de la maison et dont les fourneaux s'éteignaient, hélas ! sans que nul — maître ou serviteur — en prît le moindre souci !..,

Que s'était-il donc passé ?

Voulant le savoir, Florestan alla secoue

les deux bras inertes de l'hôtelier et le lui demanda.

— Ah ! messire, répondit l'autre avec l'accent d'un homme qui s'éveille, ah ! messire, quel malheur !... Un si bon seigneur !...Une si brave épée !... Ils étaient dix... Il s'est défendu comme un lion... Il en a blessé trois; mais que pouvait-il faire?.. Ils l'ont emmené après avoir tout brisé chez lui.,. Ah ! si les gens d'armes n'avaient pas été si nombreux, il leur eût facilement échappé car je n'ai jamais vu d'homme si terrible !... Il était bien tranquillement chez lui, messire... Il écrivait, je crois, attendu que sa table était couverte de parchemins... Ils n'ont seulement pas frappé à sa porte.. Je les suivais... Ils l'ont enfoncée, malgré sa solidité, et ils se sont précipités sur lui sans lui laisser le temps de saisir son épée.. C'est avec un escabeau qu'il a essayé de se défendre... et c'est au nom du roi qu'ils l'ont arrêté !

Il est à remarquer que l'hôtelier ne prononça même pas le nom de Buridan; mais le flux de jérémiades qui sortait de sa bouche était plus que suffisant pour édifier le seigneur Florestan, aussi ce dernier sortit de la cuisine sans en demander davantage, courut à l'écurie où il trouva, comme de coutume, son cheval tout préparé; il s'élança sur son robuste dos, traversa Paris comme un ouragan et prit, sans ralentir sa course, la route qui devait le ramener près de son père.

Mais ce n'était pas le vieux lombard qu'il voulait voir d'abord; il fit appeler Henri Valbray...

— Le roi de Navarre est à Senlis, lui dit-il sans préambule, c'est-à-dire à deux journées de Paris seulement. Prévenez mon père et surveillez-le plus que jamais... Que dit-il ? Que fait-il ?

—Maître Matheï ne prononce pas un mot; mais il est fort agité par une pensée secrète car il est sans cesse en mouvement dans sa chambre, comme s'il essayait ses forces... Il marche beaucoup, s'accroupit souvent... On dirait qu'il fait tous les gestes d'une personne qui cherche quelque chose d'enfoui en terre... « Quand viendra-t-il ?» sont les seules paroles qu'il fait entendre de temps à autre...

— Merci, Henri... Je compte toujours sur vous... Ou est Luigi ?

— Au jardin...

— Bien. Retournez près de mon père, j'irai vous y rejoindre dans un moment.

. . . .

Luigi, tout à fait revenu à la santé, se promenait dans le jardin de la charmante habitation des bords de la Seine. Il ne songeait pas seulement au rôle, très-pénible pour lui, que Flora lui imposait, il rêvait !. Il rêvait à son immense amour, au bonheur suprême que la jeune fille elle-même lui avait fait entrevoir... et l'espérance dont il se berçait décuplait ses forces physiques et morales...

Tout à coup son cœur eut des battements precipités, le sang empourpra ses joues de vingt ans et il se sentit faiblir... Florestan était près de lui, souriant et la main tendue !

Le jeune homme s'inclina sur cette main...

— Luigi, dit Florestan de sa voix la plus douce, demain vous irez au Louvre et vous solliciterez l'honneur d'être immédiatement reçu, seul, par madame la princesse Blanche de Bourgogne...

— J'irai, cher maître...

— Il faut que la princesse vous apprenne ce que sa cousine Marguerite a fait du capitaine Buridan... Rien ne devra vous coûter, mon ami, pour que vous puissiez me rapporter la vérité... Tâchez de savoir quel sort on réserve à notre cher capitaine...

— Mon père !... Quoi ? Qu'est-il donc arrivé ?

— Votre père a été arrêté, Luigi, et il faut absolument que je le voie, que je lui parle !.. La princesse Blanche vous fera obtenir l'autorisation de pénétrer auprès de lui, mais cette autorisation devra porter mon nom... Nous touchons, mon cher page, à des événements décisifs, et bientôt, dans peu de jours peut-être, je n'aurai plus qu'à vous remercier de toutes les preuves d'affectueux dévouement que vous m'avez et que vous m'aurez données... Demain matin, donc, soyez au Louvre avant le lever de la régente et ne revenez près de moi qu'avec les détails que j'attends sur l'arrestation du seigneur Buridan, sur le lieu où on l'a enfermé et avec l'autorisation dont j'ai absolument besoin...

— S'il ne s'agissait point de mon père, cher maître, vous savez bien que je ferais avec joie ce que vous me demandez. A plus forte raison obéirai-je aveuglément et avec enthousiasme... Je suis tout à vous et tout à lui, puisque tous deux vous êtes ma vie... A demain !

. . . .

Il y avait une heure que le capitaine Buridan avait été arrêté, dans sa chambre même, lorsque Florestan s'était présenté à l'hôtellerie du *Pigeon Blanc*, et il y avait deux jours que Marguerite de Bourgogne avait demandé de l'argent au contrôleur général des finances !

CHAPITRE XI

Où l'on voit quels étaient les moyens de séduction de la princesse de Bourgogne et où il est prouvé, une fois de plus, qu'un bienfait n'est jamais perdu.

La princesse Blanche de Bourgogne est entre les mains de ses femmes. Elle vient de sortir de son lit et se prépare pour le lever officiel de la reine régente auquel l'étiquette lui fait un devoir d'assister. Tout en se laissant nonchalamment coiffer et habiller, elle songe aux conséquences inévitables de la mission dont elle a chargé l'officier de lansquenets qui est parti depuis plusieurs jours déjà à la recherche du roi de Navarre. Dans son impatience, elle s'étonne de ce qu'il n'est pas encore de retour... Elle songe aussi à ce jeune page si beau, si séduisant, que sa puissante cousine lui a enlevé et qu'elle veut à son tour lui arracher.. Elle sait bien que le courroux de Louis-le-Hutin peut suffire à le lui rendre; mais Luigi, subjugué peut-être par l'amour de Marguerite ou tout au moins par la perspective du brillant avenir qu'elle a le pouvoir de lui offrir et de lui préparer, voudra-t-il oublier la reine pour s'attacher au char beaucoup plus modeste de la princesse ?... Cette crainte, cette incertitude la font frémir, et elle se réjouit, dans son for intérieur, de la pensée que la jalousie lui a inspirée... Si elle n'est pas heureuse par l'unique possession qu'elle ambitionne désormais, du moins son altière cousine ne jouira pas longtemps de son indélicatesse !...

Elle en était là de ses réflexions lorsqu'un léger grattement se fit entendre à la porte de la chambre...

Sur l'ordre qu'elle donna, l'une des femmes sortit et rentra bientôt après, en annonçant que le page du seigneur Florestan sollicitait l'honneur d'être reçu avant le lever de la régente...

— Sortez toutes, dit-elle. Il s'agit sans doute de choses importantes que le seigneur Florestan a à me transmettre... Je veux recevoir son page sans témoins...Qu'il vienne dans un instant !

Les femmes se retirèrent, et Blanche de Bourgogne, émue au delà de toute expression, se dépouilla rapidement de la plus grande partie des vêtements et des atours dont elle était déjà parée, et, demi-nue, attendit,anxieuse et tremblante...

Enfin ! ce jeune homme — qu'elle désirait d'autant plus qu'elle craignait de le perdre sans retour — il venait à elle ! Elle allait le voir, seul, chez elle, et elle pourrait tout oser !

Luigi entra...

A la vue de cette femme, dont la poitrine

et les épaules n'étaient couvertes d'aucun voile, il s'arrêta interdit, rougissant et n'osant lever les yeux...

— Eh bien ! dit la princesse avec un léger trouble dans la voix, mais le regard brillant et hardi, vous restez-là ?... Venez près de moi... Vous avez à me demander quelque chose ?... je serai heureuse si je puis vous l'accorder... Avancez donc, mon beau Luigi...

— Madame, répond le jeune homme avec un embarras très-visible, je n'ose... Pardonnez-moi... Je crains d'être venu trop tôt...

—Rassurez-vous... J'ai renvoyé mes femmes à votre intention...Nous sommes seuls, bien seuls, et vous pouvez parler sans crainte aucune...Tenez, asseyez-vous ici...

Elle alla prendre la main de Luigi et le conduisit elle-même jusqu'à un fauteuil qu'elle plaça près du sien.

Ils étaient tout près l'un de l'autre.

Elle garda sa main dans les siennes et, l'encourageant du regard :

— Je vous écoute, fit-elle.

— Madame, dit alors Luigi avec résolution, je viens vous demander la moitié de ma vie !...

— Tant que cela ?... Et l'autre moitié, à qui la donnerez-vous ?... A ma cousine Marguerite ?

— Ah ! madame !...

— Ne niez pas, Luigi, je sais que la Régente vous aime et je sais aussi que l'on ne résiste pas à un amour comme le sien...

— Si madame la régente daigne m'honorer de... quelque bienveillance, j'en suis fier; mais... jamais je n'ai osé penser qu'au profond respect que je lui dois...

— Est-ce vrai ?

— C'est vrai, madame !

— Allons, je vous crois... C'est que moi aussi, mon bel enfant, moi aussi je vous aime...

— Oh ! vous me comblez, madame !...

— Et j'étais furieuse contre ma cousine et contre vous !... Voyons, regardez-moi bien et dites-moi, en toute sincérité, si je ne suis pas aussi belle que Marguerite ?

Et l'effrontée s'étalait aux yeux du pauvre page — au supplice — dans le simple appareil que nous avons dit.

— Vous ne me répondez pas...

— Ayez pitié, madame... Je n'ose... Je vous trouve admirablement belle... mais... je crains que ne s'approche l'heure du lever de madame la régente et que je ne puisse vous dire ce qui m'amène près de vous...

Blanche, surexcitée à la fois par sa passion, par la jalousie qui l'avait mordue et par le charme qu'elle trouvait dans ce tête-à-tête improvisé par le hasard, jeta ses bras nus autour du jeune homme — que la stupéfaction étourdissait — et, le pressant frénétiquement contre elle, elle le couvrit impudemment de baisers...

Le dégoût luttait en Luigi contre sa volonté... Il allait se dégager brusquement, brutalement peut-être; mais l'image de Flora se dressa dans sa pensée, il se rappela la promesse qu'il lui avait faite, il se souvint de ses douces paroles et il trouva la force de répondre par un baiser aux caresses passionnées de la princesse...

Ce fut comme un éclair.

Luigi se laissa glisser sur les genoux...

— Oh ! oui, dit-il, vous êtes belle et... je vous aime aussi !... Mais daignez m'entendre, madame...

— Une autre fois, n'est-ce pas ? fit Blanche en se penchant sur le front pâli du page... Vous reviendrez ici, à cette heure...

Nous serons toujours seuls... Maintenant, cher ange, asseyez-vous et parlez... Que puis-je pour vous ?

— Le capitaine Buridan a été arrêté hier. Je ne sais pas pourquoi, car le capitaine est tout dévoué à Madame la régente et il aime la France... Il n'a jamais songé qu'à les servir tous les deux jusqu'au dernier souffle de sa vie ; mais j'ai pour le seigneur Buridan l'amour d'un fils pour son père et je donnerais tout pour le voir...Je viens donc vous prier, vous supplier au besoin, madame, de me faire connaître où il est enfermé, ce dont on l'accuse, ce que l'on veut faire de lui et si je pourrais être admis à le visiter — ne fût-ce qu'une fois !

— Vous allez, cher Luigi, m'aider à m'habiller, je ne veux pas de femmes quand vous êtes avec moi. Puis, vous m'attendrez ici... Je vais voir la régente... Soyez tranquille, je ne dirai pas un mot de vous, ni du seigneur Florestan... Si ma cousine savait que des amis du capitaine m'envoient vers elle pour lui parler de lui, je n'obtiendrais rien...

— Ah ! merci, madame !

— Serez-vous reconnaissant, au moins ?

— Toute ma vie, madame !

— Quand nous serons seuls, mon cher page, il faudra m'appeler Blanche... Pour vous, je ne veux être qu'une femme, une femme qui vous aime de toute son âme et qui veut être aimée, ne l'oubliez pas !...

— Oui, madame...

— Encore ?

— Oui, Blanche...

— Tu es charmant, mon Luigi... Allons vite, aide-moi...

Et la toilette commença.

Notre pauvre page souffrait le martyre ; mais il agissait pour Flora et pour son père et il s'exécutait avec autant de bonne grâce apparente qu'il en pouvait mettre dans son rôle étrange de camériste...

Après bien des maladresses qui lui valurent autant de baisers, la toilette put cependant s'achever, et Blanche de Bourgogne, rayonnante et convaincue de n'avoir plus rien à envier à sa cousine, sortit de la chambre en promettant de revenir bientôt.

Nous ne nous arrêterons point sur les réflexions que put faire Luigi jusqu'au retour de la princesse. Le lecteur les devine bien mieux que nous ne saurions les lui dépeindre, puisqu'il connaît le caractère loyal du jeune page et son ardent amour pour Flora.

Il attendait depuis une demi-heure et s'impatientait déjà, lorsque Blanche de Bourgogne reparut dans la chambre.

Il s'élança vers elle et chercha tout d'abord sur son visage à lire la vérité...

— Eh bien ! demanda-t-il, que dois-je espérer ?

— Rien ! mon pauvre ami, répondit la princesse. J'ai vu la régente, je quitte à l'instant messire Enguerrand de Marigny — qui fait ici, vous le savez, la pluie et le beau temps — et voici ce que je vous apporte : Le capitaine Buridan a été arrêté sous l'inculpation de haute trahison envers les pouvoirs établis. On a des preuves irrécusables. Il est au Grand-Châtelet où il est gardé très-étroitement et où personne, absolument personne ne peut le voir. Enfin son procès est fait et demain au soir, à la chûte du jour, il sera conduit à Montfaucon...

— Grand Dieu !... Mais c'est impossible ! Le capitaine n'est pas coupable ! Il y a quelque fatale méprise !... Je le connais : il est trop loyal, trop honnête homme pour s'abaisser jusqu'à conspirer, jusqu'à trahir Demain, dites-vous, madame, demain il serait frappé du dernier supplice réservé aux plus grands criminels ?...

— Hélas ! oui...

— Oh ! mais c'est un rève, un horrible réve !... Pardonnez-moi, madame, si je vous quitte aussi brusquement ; mais j'ai un impérieux devoir à remplir...

— Allez, mon cher Luigi... Je n'ai pas la force de vous retenir en vous voyant si bouleversé par cette triste nouvelle... Il n'a pas dépendu de moi qu'elle ne fût meilleure.

— Oui, oui, madame, répondit Luigi sans avoir conscience de ses paroles.

Et oubliant de baiser la main que la princesse lui tendait, il sortit comme un fou, heurtant les portes et les gens qui encombraient à ce moment les corridors et les escaliers du Louvre.

. . . .

Luigi entra comme une trombe à l'hôtellerie du *Pigeon Blanc*, où il avait, en arrivant, laissé son cheval, et, une minute après, courait ventre à terre sur la route de Meudon.

. . . .

— La régente est logique, dit Fora après avoir attentivement écouté le récit de Luigi. Je comprends parfaitement sa hâte de se débarrasser du capitaine : on attend le roi de Navarre et elle veut qu'avant son retour tout soit consommé. Mais rassurez-vous, mon ami, reprenez confiance, ne vous désespérez pas...

— Hélas ! chère Flora, que pouvez-vous dans cette terrible conjoncture?

— Je vous dis d'avoir confiance. Vous êtes bien certain que le supplice est pour demain à la chûte du jour ?

— Oui. La régente et messire de Marigny l'ont dit tous les deux à la princesse Blanche... Ah ! Flora, quelle épreuve vous m'avez imposée !

— Sans cette épreuve, pauvre Luigi, je ne pourrais sauver votre père, et vous me la reprochez ?

— Pardon, pardon !... Vous pourriez le sauver ?

— Pourquoi donc vous dis-je d'avoir confiance ?

— Ah ! vous êtes mon Dieu !...

Flora n'écoutait plus : elle paraissait plongée dans les plus sérieuses méditations. Quelques minutes s'écoulèrent ainsi, sans qu'elle dît un mot, sans qu'elle fît un geste...

— Il faut tout prévoir, fit-elle tout-à-coup. Nous aurions peut-être le temps jusqu'à demain ; mais il faut compter avec la haîne de Marguerite...

— Que dites-vous, Flora !

— Luigi, vous n'êtes pas trop fatigué ?

— Que faut-il faire ?

— Remonter à chèval et me suivre à Paris. J'aurai besoin de vous...

— Quel est votre dessein ?

— Nous allons arracher votre père des griffes de Marguerite de Bourgogne !

. . . .

Le seigneur Florestan a envoyé son page en observation près du Grand-Chatelet. Il lui a donné pour mission de surveiller attentivement les abords de cette sombre prison et de s'informer des moindres particularités pouvant faire croire aux apprêts d'un supplice.

Pendant que Luigi, en proie aux plus violentes émotions, veille, pour ainsi dire, sur les dernières heures du capitaine Buridan, Florestan reçoit, dans la vieille maison de la rue de la Parcheminerie, la visite de plusieurs écoliers avec lesquels il s'entretient longuement, leur donnant des instructions minutieuses et exigeant de chacun d'eux le serment d'accomplir, même au péril de sa vie, tout ce qu'il lui prescrit. Tout prètent ce serment avec enthousiasme et le quittent avec l'éclair de la résolution dans les yeux, la main tourmentant fièvreusement le manche de leur dague — longue et affilée.

. . . .

La journée s'écoule sans que rien ait annoncé à Florestan que ses plans sont découverts et que l'implacable régente songe à modifier son projet de lâche attentat contre celui-là même qui a été son premier amour et dont elle avait su faire son aveugle instrument... Florestan se dispose à quitter Paris pour aller relever Luigi de sa surveillance et retourner avec lui auprès de son vieux père. Il n'attend plus que l'écolier chargé du relai le plus rapproché de la capitale...

Cet écolier arrive, en effet, et ne dit que ces mots :

— Le roi quitte Senlis demain, dans l'avant-midi, et tout fait prévoir qu'il rentrera au Louvre après demain dans la journée.

Immédiatement congédié, l'écolier remonte à cheval et Florestan va sortir à son tour lorsque Luigi, pâle, les traits renversés et la sueur au front, fait brusquement irruption dans cette maison où il a passsé la plus grande partie de son enfance...

— Luigi !... Que venez-vous faire ici ? lui demande Florestan.

— On l'emmène !...

Tels sont les seuls mots que peut prononcer le jeune homme, car sa course a été si rapide que la respiration lui manque.

Il se laisse tomber sur un escabeau et, la bouche entr'ouverte, les narrines dilatées, il aspire l'air à plein poumon...

— Dès que vous pourrez parler, lui dit Florestan qui a ouvert une fenêtre donnant sur la cour, vous répondrez en quelques mots à mes questions, car nous n'avons pas de temps à perdre : — L'avez-vous bien reconnu ? De combien d'hommes se compose l'escorte ? Quel chemin lui a-t-on fait prendre en sortant du Grand-Châtelet ?... Ah ! que j'ai eu raison de me défier de Marguerite !... Elle a dit que le supplice serait pour demain et elle veut l'assassiner aujourd'hui !... Oh ! non, mille fois non, pas de pitié pour cette femme qui n'a que des entrailles de tigre !... Vous remettez-vous, mon cher Luigi ? Pouvez-vous parler ?

Luigi se leva et respira longuement...

— Je l'ai vu ! fit-il sans trop d'efforts. C'est bien lui !... Il y a une douzaine d'archers... Ils ont pris la direction de Montfaucon... Il est au milieu d'eux, garroté comme un malfaiteur de la pire espèce !... Comme ils n'ont point de chevaux, ils marchent assez lentement...

— Pouvez-vous me suivre jusqu'au *Pigeon Blanc* ?

— Je vous suivrais au bout du monde !

— Nous allons retrouver nos montures... Grâce à leurs vigoureux jarrets, nous serons arrivés à Montfaucon avant le lugubre cortége.

— Quoi ! nous allons à Montfaucon !

— Oui. On nous y attend.

. . . .

Le capitaine Buridan avait été rejeté dans ce même cachot obscur et infect où, lors de sa première arrestation, il avait reçu la visite de Marguerite de Bourgogne; mais, cette fois, il n'avait rien à attendre!... Il connaissait assez le caractère de la régente pour deviner non-seulement d'où partait le coup qui le frappait de nouveau, mais encore la résolution implacable qu'elle avait dû prendre se défaire pour toujours de lui... En effet, les mesures de prudence et de discrétion qui avaient entouré son artation; la vigueur même avec laquelle cette arrestation avait été opérée, prouvaient qu'il n'avait absolument rien à espérer, que Marguerite jouait son va-tout sur la tête de son ancien amant et que, croyant encore à l'existence du coffret dont il l'avait un jour menacée, elle n'avait agi avec une aussi foudroyante spontanéité — après avoir endormi sa confiance sous les plus fallacieuses promesses — que pour ne point lui donner le temps d'en faire usage ou de prévenir l'ami qui pouvait en être encore possesseur.

Tout cela décourageait profondément le capitaine, et la conviction qu'il avait que ce coffret — sa seule chance de salut — n'était point entre les mains de Florestan, et devenait ainsi une arme complètement inutile, contribuait à l'anéantissement de toutes ses espérances et de tous ses projets !... Il s'étonnait même, après quelques heures de captivité, de n'avoir encore vu paraître ni prêtre, ni bourreau, tant il était persuadé que son cachot serait en même temps le lieu de son supplice !

Il reconnaissait, mais trop tard, que sa

loyauté ne pouvait que se briser contre la duplicité de Marguerite !... Il voyait clair enfin, mais il ne pouvait plus rien contre sa destinée ! Le crime l'emportait dans son sanglant tourbillon, lui, Buridan, l'homme épuré devant sa conscience par le remords et par sa lutte énergiquemant soutenue contre la perversité !...

Il avait vaincu puisqu'il s'était réhabilité à ses propres yeux par son retour dans la voie du bien ; mais il s'était perdu pour avoir voulu se faire suivre dans cette voie consolante et régénératrice par une nature irrémissiblement corrompue; mais il avait été la dupe et il devenait la victime de la plus insigne fourberie, et cette idée lui soufflait des bouffées de colère et des désirs de vengeance que nulles réflexions ne pouvaient calmer...

C'est à peine si le souvenir de son fils jetait comme un reflet d'amour paternel, comme une douce lueur dans cette atmosphère de rage et de désespoir qui était la sienne désormais... Ah ! il comprenait maintenant la pensée fixe et tenace du seigneur Florestan !... Il sentait que la perspective de la vengeance devait être une suprême volupté, et il eût donné avec joie quelques unes des heures qui lui restaient à vivre pour pouvoir perdre à son tour Marguerite et la jeter en pâture à toutes les tortures inventées par le génie féroce de l'homme !...

Il était trop tard !... Il se trouvait sans défense possible au pouvoir de cette femme qui avait tant d'intérêt à le faire disparaître, — puisqu'elle était assez dépravée pour ne point croire à sa loyauté et à la sincérité de ses remords — et qui ne devait plus rien craindre de lui, attendu qu'elle l'avait mis, par la ruse et la rapidité de ses manœuvres, dans l'impossibilité absolue de lui nuire et de lui rendre coup pour coup !

Marguerite triomphait donc et lui, Buridan, allait mourir !... Et c'était elle qui le tuait de sa propre main ! Elle, la mère de

Luigi, de ce noble enfant si beau, si pur, si bien fait pour être heureux !... Ah ! Florestan avait mille fois raison : elle était indigne de ce nom de mère !... Elle ne méritait ni pardon, ni pitié, et s'il pouvait, maintenant, lui, le père, il aiderait de toutes ses forces, de toutes ses facultés son jeune ami à venger l'assassinat d'Henri d'Audigny, et il éprouverait une joie profonde s'il pouvait souffleter cette femme sans cœur et sans honte avec les mains de son fils !...

Et rien, rien sous la main ! Pas une arme pour prévenir le bourreau !... Et qu'en aurait-il fait de cette arme puisqu'il était cloué au mur de son noir cachot par les lourdes chaînes qui paralysaient ses membres ? — On ne pensait peut-être pas à lui puisque depuis deux jours bientôt il n'avait entendu aucune voix humaine, puisqu'il n'avait reçu aucune nourriture !

La situation du capitaine était horrible et la colère, peu à peu, faisait place à l'énervement. Son énergique nature s'affaissait et le souvenir de Luigi le faisait pleurer !

A son entrée au Grand-Châtelet, on l'avait brutalement dépouillé de son riche costume de gentilhomme et on l'avait revêtu d'habits grossiers et sordides Il avait en vain protesté. Les rudes gardiens auxquels on l'avait confié lui avaient répondu en riant !...

Il avait donc bu le calice jusqu'à la lie et il comprenait que toute miséricorde lui serait inexorablement refusée !...

Il n'était plus un homme : il était un condamné !

Il ne savait pas à quel moment de la seconde journée il était arrivé, lorsqu'un bruit de verrous et de clefs se fit entendre. La porte de son cachot s'ouvrit et il put voir, à la lueur d'un falot, entrer et s'approcher de lui un moine dont le vaste capuchon ne laissait apparaître que l'extrémité d'une longue barbe grise et touffue...

Il comprit et voulut s'agenouiller. Les chaînes, trop courtes, l'en empêchèrent...

— Ne vous dérangez pas, mon fils, dit le moine avec un accent presque ironique. C'est moi qui m'humilierai pour entendre votre confession.

Et ce fut, en effet, le confesseur qui s'agenouilla auprès de son pénitent assis sur la paille humide et forcément adossé à l'épaisse muraille...

Quand Buridan eut achevé l'aveu de ses fautes ; quand il eut dit au moine ne point savoir pourquoi il était prisonnier, celui-ci, sans répondre, lui imposa les mains pour le réconcilier avec le Juge éternel et il sortit comme il était entré, calme, froid, impassible — en homme qui remplit une fonction et non en prêtre qui doit consoler et fortifier !...

A peine le moine eut-il franchi la porte du cachot qu'elle s'ouvrit de nouveau pour laisser passer, cette fois, un geôlier accompagné d'un offfcier et de plusieurs archers.

L'officier avait l'épée nue à la main.

— Détachez cet homme de la muraille, dit-il avec rudesse, et livrez-le nous.

Buridan crut sa dernière heure venue. S'attendant à être massacré dans son cachot, il se résigna et pria mentalement Dieu de veiller sur l'enfant qu'il laissait après lui !...

Le geôlier cependant dévissait les anneaux qui retenaient au mur les mailles de ses chaînes et Buridan put se lever...

Aussitôt, les archers l'entourèrent, le forçant à porter ses chaînes qui, sans cela, eussent traîné à terre. Au grand étonnement du capitaine, on le fit sortir de son cachot et bientôt il se trouva hors du Grand Châtelet où le reste de l'escorte attendait.

. . . .

C'était à ce moment que Luigi avait quitté

son poste de surveillance — qui était une hideuse taverne — pour aller en grande hâte prévenir le seigneur Florestan.

. . . .

Le cortège — si compact autour du prisonnier qu'il ne pouvait voir les quelques curieux qui s'arrêtaient sur son passage — traversa un véritable dédale de rues étroites et boueuses et s'achemina vers la porte par laquelle il fallait sortir de Paris pour gagner Montfaucon. C'était à cet endroit d'infecte mémoire qu'avaient lieu, généralement. les exécutions des personnages de qualité qu'une politique ombrageuse et cruelle ou qu'une justice dérisoire condamnaient au supplice de la hart. Plusieurs gibets y étaient toujours en permanence...

Le fatal trajet dura bien une heure, car non seulemeut la route était longue et effondrée en maint endroit; mats Buridan, accablé par le besoin et par le poids de ses chaînes, ne marchait que très péniblement, et il fallut plus d'une fois que l'un des archers l'aidât à porter ses fers — comme sur le chemin du Golgotha Simon le Cyréneen avait aidé Jésus à porter sa croix !...

On approchait cependant. Déjà les archers apercevaient la hideuse silhouette des potences se détachant, dans les demi-teintes du soir, sur le fond bleu du ciel. Ils se réjouissaient, les indifférents mercenaires d'être enfin parvenus à la fin de ce qu'ils ne considéraient que comme une désagréable corvée, quand, autour d'eux, de tous les côtés, il se passa quelque chose d'étrange...

Comme obéissant à un mot d'ordre, surgissaient en même temps, des plis du terrain accidenté sur lequel s'élevaient les *charniers* historiques, des têtes, puis des corps de jeunes hommes que le jour qui allait finir permettait encore de reconnaître pour des écoliers. Ils semblaient être, au premier aspect, de simples et inoffensifs curieux s'approchant peu à peu du cortège et venus là pour assister à quelque terrible agonie...

L'officier, sans défiance, les laissa venir assez près de l'escorte qu'il commandait...

Le bourreau se montra bientôt. Il avait reçu des ordres et il avait attendu dans une bicoque voisine bâtie tout exprès pour lui...

Les archers durent ouvrir leurs rangs pour que l'éxécuteur pût s'emparer du condamne. On fit tomber, en les dérivant, les lourdes chaînes qui ne permettaient pas à l'infortunée victime de Marguerite de Bourgogne d'autres mouvements que celui de la marche et, un instant, il se trouva libre !... Instinctivement, il secoua les bras comme pour leur rendre leur vigueur et leur élasticité, mais le bourreau étendit la main jusque sur son épaule comme pour prendre possession de son corps !...

Ce contact fit tressaillir Buridan...

— Passez la corde, fit-il avec un calme stoïque, mais ne me touchez pas !...

A ce moment même un cri retentit — cri d'appel et de vengeance à la fois.

— A moi ! fit une voix. Sus aux sicaires de Marguerite de Bourgogne !

Et avant qu'il ne pussent se rendre compte de ce qui se passait autour d'eux, officier, archers et exécuteur se virent entourés et pressés par cette masse d'écoliers qu'ils avaient pris d'abord pour des spectateurs de la tragédie qui allait se dénouer... En moins de temps qu'il n'en faut pour le raconter, chacun d'eux tomba foudroyé par dix coups de dague, et Buridan croyant rêver, se sentit serrer dans les bras de Luigi et dans ceux de Florestan !...

Le lecteur n'a nullement besoin que nous lui décrivions une telle scène...

— Hâtons-nous ! fit Florestan dès que les premiers transports du père et du fils furent calmés. Il ne fait pas bon ici pour nous...

Puis s'adressant aux écoliers — tout fiers de leurs exploits :

— Séparez-vous, mes amis. Rentrez dans Paris par des voies différentes et par petits groupes... Il se pourrait que demain ou après-demain j'eusse encore besoin de vous... Voulez-vous toujours me servir ?

— Oui oui !

— Je vous ferai prévenir... Au revoir ! Vous, cher capitaine, venez avec nous... Luigi et moi nous allons vous accompagner à votre nouvelle demeure.

Les trois amis trouvèrent trois chevaux qui broutaient l'herbe au fond d'un ravin, et grâce auxquels ils purent, à la faveur de la nuit et en quelques minutes, rentrer aussi dans Paris, où Buridan fut laissé dans la maison de la rue de la Parcheminerie avec son fils pour compagnon, et Florestan regagna au galop la maison des bords de la Seine...

CHAPITRE XII

OÙ IL EST CLAIR QUE L'ENTÊTEMENT A QUELQUEFOIS DU BON ET QUE LORSQUE L'ON CROIT MAL FAIRE IL SE PEUT QUE L'ON FASSE BIEN.

Au nom du roi ouvrez !

En rentrant dans la maison de Meudon, Flora avait fait savoir à son père par Henri Valbray le très-prochain retour du roi de Navarre...

A l'annonce de cette nouvelle, le vieillard avait paru revenir soudainement à la raison. Une agitation extraordinaire semblait le galvaniser et rendre à ses membres malades leur force et leur agilité d'autrefois... Il marchait à grands pas dans sa chambre et un sourire de bonheur épanouissait son vénérable visage encadré de longs cheveux blancs.

Sa fille, rentrée tard de Paris, était venue l'embrasser et s'était presque aussitôt retirée pour se livrer au repos. L'ancien marchand avait lui-même déclaré qu'il avait sommeil et Valbray l'avait quitté pour rentrer chez lui.

La chambre qui avait été donnée à ce fidèle gardien était contiguë à celle de maître Mathéï.

Le silence le plus complet régnait donc dans la maison des bords de la Seine. La nuit était calme et rien n'en troublait la sérénité : on n'entendait même pas bruire le feuillage touffu des grands arbres.

Seul Henri Valbray veillait. Il avait l'habitude d'étudier chaque soir avant de se coucher, à la lueur d'une petite lampe. Ne pouvant, depuis quelque temps, suivre les cours de la Sorbonne, il voulait du moins puiser seul aux sources scientifiques, en attendant qu'il pût reprendre son rang dans la grande famille des écoliers.

Il était penché sur ses bouquins et préparait laborieusement une dissertation sur une grave question de philosophie, lorsqu'il lui sembla entendre quelque chose d'insolite du côté de la chambre voisine de la sienne.

Il leva la tête et écouta attentivement...

Il perçut distinctement cemme le grincement d'une porte qu'on ouvrirait avec précaution.

Il se rappela l'effet produit sur le père de Flora par la nouvelle qu'il lui avait transmise du retour assuré de Louis-le-Hutin...

Il éteignit sa lampe, s'approcha de sa porte et tendit anxieusement l'oreille : il pressentait un incident.

Tout était silence...

Il désespérait et allait rallumer sa lampe,

mais un bruit presque insaisissable le fit tressaillir... C'etait évidemment le frôlement d'une étoffe ou d'une main sur la muraille du corridor... Il put suivre pour ainsi dire ce léger attouchement jusqu'à ce que la personne qui le produisait eût gagné l'escalier...

Alors, il ouvrit sa porte et se mit en quête...

Il constata tout d'abord que la chambre de Nicolas Mathéï était vide. Il n'hésita plus... Il se dirigea vers l'escalier en marchant sur la pointe des pieds, le descendit, pénétra dans le jardin, dont il trouva la porte simplement poussée,et ne tarda pas à voir dans l'ombre une forme humaine se glissant discrètement entre les arbres et les fleurs... Il s'attacha à cette forme qu'à sa démarche il n'eut pas de peine à reconnaître.

C'était bien le pauvre paralytique !

Mathéï marchait comme s'il eût fait grand

jour. Il fallait qu'une vive surexcitation nerveuse le soutînt en lui rendant momentanément des forces, car il n'avait plus l'allure débile et incertaine qu'on remarquait en lui depuis son attaque d'apoplexie... Il ne s'arrêta que devant un buisson de roses qui tapissait tout le fond du jardin... Là, il parut chercher un instant ; il compta de la main droite les rosiers et quand il fut au septième, il s'accroupit et se mit à fouiller la terre, à trois pieds à peu près des odorants arbustes, au moyen d'un instrument aratoire qu'il avait facilement trouvé dans le jardin.

Henri Valbray, retenant son haleine, était tout près de lui, caché par un massif, et ne perdait aucun de ses mouvements.

Le mystérieux travail du vieillard ne dura guère plus d'un quart d'heure, après quoi le jeune homme le vit prendre au fond du trou qu'il venait de creuser, et poser près de lui un petit objet de forme carrée et de couleur sombre comme s'il eut été en bois peint ou en fer...

La vue de cet objet fut une révélation pour l'écolier... Il était fixé et se rendait parfaitement compte, à cette heure, des précautions étranges dont le vieux lombard s'entourait...

Ce ne pouvait être que le coffret dont il lui avait entendu parler dans ses moments d'insanité d'esprit !

Nicolas Mathéïse hâta de combler le trou et de faire disparaître toute trace de son labeur nocturne, puis, saisissant le coffret avec un bruyant soupir de satisfaction, il rentra dans la maison et remonta à sa chambre où il s'enferma.

Henri Valbray — qui ne l'avait pas perdu de vue — attendit à la porte du vieillard jusqu'à ce qu'un ronflement sonore lui eût prouvé qu'il était endormi... Il rentra à son tour et se jeta sur son lit, tout habillé, se promettant bien de redoubler de surveillance.

Le lendemain matin, bien avant l'heure où les domestiques se levaient d'ordinaire, Valbray était debout et épiait... Bien lui en prit, car le faible bruit qui avait attiré son attention pendant la nuit se fit encore entendre... Seulement, le vieillard, cette fois, au lieu d'aller vers le bosquet de roses, marcha droit à une petite tranchée pratiquée dans une haie vive et qui donnait accès dans la campagne, à peu de distance de la route de Paris.

Il portait le coffret sous son bras gauche et s'appuyait sur un bâton.

L'écolier le suivit de loin, évitant d'être vu en se couchant à terre dès que le vieillard faisait mine de se retourner — ce qui arrivait souvent.

Mais Nicolas Mathéï avait trop présumé de ses forces... Il n'avait pas fait une demilieue que son pas s'alourdit et qu'il se sentit envahir par une insurmontable fatigue... Il résista pourtant, mettant, dans l'accomplissement du projet qui l'avait évidemment fait sortir, tout l'entêtement d'un halluciné... Il marchait... marchait comme un homme ivre,en ne se soutenant plus que grâce à son bâton et à la puissance de l'idée qui le dominait... Les heures s'écoulaient rapides et le soleil — qui montait avec elles — accablait de ses brûlants rayons le pauvre paralytique !...

Enfin, à bout de forces, haletant, ses oreilles obstruées pas des bourdonnements du plus mauvais augure, il se laissa choir sur la poussière du chemin, se traînant sur les genoux et poussant devant lui le coffret qu'il ne pouvait plus presser sous ses bras. Un indéfinissable engourdissement l'étreignait tout entier; il lui semblait que la terre se mouvait sous lui et il priait !... Il implorait Dieu de lui donner encore assez de vigueur pour qu'il pût parvenir au but de son voyage.

— Une fois à Paris, se disait-il avec les yeux gonflés de larmes, je reprendrai des forces et j'attendrai, aux abords de l'hôtel Saint-Paul, la rentrée du roi !

Mais Dieu fut sourd, car un moment vînt où le malheureux s'affaissa tout-à-fait et demeura étendu sur la route dans la plus complète inertie !...

Il avait les yeux démesurément ouverts et murmurait des phrases sans suite...

Henri Valbray accourut, craignant d'avoir tardé trop longtemps à se montrer...

Mathéï le reconnut aussitôt et, lui tendant — quoique avec peine — le coffret :

— Sur ce que vous avez de plus saint au cœur, lui dit-il, prenez ceci et portez-le vous-même au roi de Navarre... Si vous refusez, ma fille est perdue !... Si vous faites ce que je vous dis, elle est affranchie à jamais des dangers de mort qui la menacent et je pourrai mourir dans ses bras, heureux de l'avoir sauvée !... Voulez-vous ?... Le roi rentre demain, vous me l'avez affirmé... J'allais l'attendre et... je ne peux plus marcher !... C'est le ciel qui vous envoie vers moi : il veut enfin que mon projet s'accomplisse !... Acceptez-vous, Henri ?...

— Oui, maître, oui ! mais... vous ne pouvez rester ici... Je vais vous porter chez vous...

— Oh ! non... à Paris, plutôt... le coffret...

Henri Valbray explora rapidement du regard les environs. Il aperçut non loin de là, au milieu des marais, une hutte de pêcheur et son parti fut bientôt pris...

Il chargea sur ses jeunes mais robustes épaules l'infortuné père presque inerte, et le porta jusqu'a la hutte—où vivait un pauvre diable du produit de sa pêche que trois fois par semaine il allait vendre à Paris.

L'écolier, aidé du pêcheur, déposa son

précieux fardeau sur l'unique grabat de la mâsure, et, après s'être assuré qu'à moins d'une crise il n'y avait à craindre aucun danger immédiat, il se borna à prescrire quelques soins faciles à donner, et reprit à grands pas le chemin de Meudon.

Il voulait prévenir Flora, lui remettre le coffret et ramener avec lui un moyen de transport pour le malade...

Flora n'était pas chez elle !... On la chercha partout, dans la maison, ce fut en vain...

Le plus pressé, assurément, puisque Nicolas Mathéï était sous la garde du pêcheur et que celui-ci avait, il le savait, tout intérêt à le soigner et à le surveiller, le plus pressé, selon Valbray, était de partir pour Paris et d'y chercher Flora...

C'est ce qu'il fit.

En passant à la hauteur de la hutte où était l'ancien marchand, il se détourna pour l'aller voir... Tout allait bien : le malade ne se plaignait que d'un accablement général et d'un violent mal de tête que l'on pouvait certainement mettre sur le compte de la fatigue.

. . . .

Henri Valbray eut bientôt franchi la lieue qui le séparait de la capitale. Il se rendit à l'hôtellerie du *Pigeon Blanc*. Le seigneur Florestan y avait bien laissé son cheval, mais il était sorti... Comment faire ? Comment le trouver ? L'écolier ignorait l'existence du pied à terre de la rue de la Parcheminerie et il marcha longtemps dans Paris sans parvenir à rencontrer celui qu'il cherchait,.. Quant à Luigi — auquel il pensa bien aussi — il avait disparu depuis la veille...

Vers le soir, Valbray désespéré et inquiet se disposait à retourner auprès de maître Matheï — qui le préoccupait beaucoup — lorsqu'il se croisa, dans les environs du pont des Tournelles, avec un groupe de quatre seigneurs à cheval...

Près de lui passait à ce moment un gentihomme qui salua profondément en disant à haute voix :

— Le roi rentre plus tôt qu'on ne le pensait !...

— Quel roi ? demanda brusquement l'écolier, que les paroles du gentilhomme avaient fait tressaillir.

Celui-ci se retourna vers Valbray avec plus de surprise que de colère...

— Vous êtes, lui dit-il, un jeune coq qui a bu .. Quand les ergots vous auront poussé, n'oubliez pas le respect dû aux gens de qualité !...

— Pardonnez-moi ! messire, répondit Henri assez confus ; mais je suis si pressé de savoir quel est le roi qui passe que je n'ai pas réfléchi...

— A la bonne heure, mon beau bâchelier !... Ce roi là, donc, ne saurait être monseigneur Philippe IV, qui est beaucoup plus âgé... C'est le roi de Navarre qui rentre de son long voyage de Picardie...

Le gentilhomme parlait encore que l'écolier, le saluant, se prit à courir comme un fou dans la direction des cavaliers qui, d'ailleurs, ne marchaient qu'au pas...

Instantanément, il avait été frappé de cette pensée que pour que le vieux Mathéï eût si souvent parlé du coffret comme devant sauver sa fille s'il était remis à Louis-le-Hutin, c'est que ce coffret devait renfermer des choses de la dernière importance pour le jeune roi ; c'est que Flora devait, en effet, courir les plus grands dangers...

Tout s'effaça pour lui devant cette certitude et il oublia la promesse qu'il avait faite à la jeune fille de la prévenir de tous les faits et gestes de son père... Puis, il songea, tout en courant, qu'il avait fait son possible pour la retrouver depuis le matin et que le retour inopiné du roi de Navarre pourrait bien déjouer ses prévisions ou ses projets et l'exposer davantage à ce que redoutait son père...

Cette dernière considération l'affermit dans la résolution soudaine qu'il venait de prendre...

Il atteignit les cavaliers au moment où ils allaient entrer dans l'hôtel Saint-Paul.

— Monseigneur le roi de Navarre ! s'écria-t-il en se jetant presque sous les pieds des chevaux.

L'un des seigneurs se retourna vivement et les sourcils froncés ..

C'était tout ce que voulait Valbray qui tendit aussitôt le coffret.

— Ceci est pour vous, monseigneur, fit-il, et que Dieu vous garde !

Le roi prit machinalement le coffret et l'écolier s'éloigna à tire d'ailes comme s'il venait de commettre une mauvaise action..

C'est qu'il eût voulu reprendre ce coffret; c'est qu'il craignait d'avoir trop osé... Et il était trop tard !...

. . . .

Rentré dans ses appartements de l'hôtel Saint-Paul — qu'il habitait,nous le savons, tandis que la reine de Navarre et les princesses de Bourgogne logeaient au Louvre — le roi Louis-le-Hutin renvoya les quelques seigneurs qu'il avait près de lui et s'empressa d'ouvrir le coffret, en opérant lui-même une forte pesée sur le couvercle...

Il y trouva plusieurs feuilles de parchemin couvertes d'une écriture ferme et serrée...

Il lut tout...

— Une lettre, fit-il tout haut, m'avait déjà prévénu à Noyon... Ceci est plus grave et m'impose des devoirs terribles !... Je n'y veux point faillir, dût la France entière connaître mon infortune ! Elle saura du moins comment un roi venge son honneur outragé !...

Il se tut un moment, comme s'il avait besoin de se recueillir.

— Ce soir même, reprit-il enfin, je me ferai justice !... Holà ! quelqu'un !

Un page entra aussitôt...

— Que tous ceux qui étaient ici tout-à-l'heure y reviennent... Je veux leur parler.

Le page s'inclina et sortit pour transmettre cet ordre.

Tous les courtisans rentrèrent.

— Messires, fit le jeune roi d'un ton où perçait une sourde irritation, notre volonté est que nul, au Louvre. n'apprenne notre retour à Paris... jusqu'à nouvel ordre...

Qu'on fasse venir mon capitaine des gardes et qu'on me laisse seul avec lui !

. . . .

Henri Valbray cheminait, maintenant, la tête basse et pensif. Il évoquait, dans sa pensée, les conséquences possibles de ce qu'il venait de faire, et il n'était ni très-rassuré sur le résultat final, ni très-content de lui... Cependant, s'il avait réellement sauvé Flora ?... Tout était bien, alors !... Il avait acquitté sa dette et le reste lui importait peu !...

Il marchait donc, songeur et balloté par le doute... Il était tellement absorbé par ses réflexions que, voulant se rendre avant la nuit auprès du vieux Mathéï, il tournait complètement le dos à la route qu'il aurait dû suivre...

Tout-à-coup, à l'angle d'une rue, il se heurta à quelqu'un... Il leva enfin la tête et les yeux et jeta un cri...

— Le seigneur Florestan ! fit-il.

Et il sentit ses jambes se dérober sous lui.

— Valbray ! fit de son côté le passant qu'il avait heurté et qui n'était autre, en effet, que Florestan tournant le coin de la rue de la Parcheminerie...

— Ah ! je vous ai cherché depuis ce matin, maître, et je crains bien de vous rencontrer trop tard ?

— Que voulez-vous dire ? Qu'y a-t-il ? Pourquoi mon père et vous avez-vous quitté la maison sans me rien dire ? — Qu'avez-vous donc fait ?

— Ah ! seigneur Florestan, cette journée fera époque dans ma vie !... Que d'événements !...

— Dites vite, Henri : je meurs d'impatience !

— Pardon plus bas, maître, on nous regarde...

— Vous avez raison... je vous écoute...

— Votre père a déterré le coffret...

— Le coffret !

— Je l'ai vu... dans le jardin, la nuit... Il voulut l'apporter lui-même ici, à Paris ; mais les forces lui ont manqué.. Je le suivais... Je l'ai relevé sur la route...

— Il était tombé ! mon Dieu !

— Je l'ai porté dans une hutte de pêcheur... Je suis accouru ici pour vous remettre le coffret... Impossible de vous trouver !... J'ai rencontre le roi de Navarre...

— Vous l'avez vu ?

— Oui, maître... Il rentrait à l'hôtel St-Paul...

— Et le coffret ?

— Pardon ! pardon, seigneur Florestan !

— Vous l'avez perdu ? Ah ! malheureux !...

— Ce n'est pas cela...

— Qu'en avez-vous fait ?

— Je lui ai donné...

— A qui ? Au roi de Navarre ?

— Oui... Votre père m'avait dit qu'entre les mains du roi ce coffret vous sauverait... et j'ai voulu vous sauver !...

Florestan ne répondit pas. Il prit le bras de l'écolier et l'entraîna rapidement dans la rue de la Parcheminerie.

Ils arrivèrent à l'ancien logement d'Orsini où ils trouvèrent le capitaine Buridan et Luigi.

— Parlez, maintenant, dit Florestan à Valbray. Dites au capitaine tout ce qui s'est passé, tout ce que vous avez fait depuis la nuit dernière...

. . . .

L'écolier raconta, dans leurs plus petits détails, les scènes de la nuit — dans le jardin de la maison des bords de la Seine ; — celles de la route de Meudon à Paris ; ses démarches dans Paris pendant la journée ; la rencontre fortuite qu'il avait faite du roi de Navarre et, enfin, sous l'influence de quelle pensée il avait agi quand il s'était decidé à remettre lui-même le coffret à Louis-le-Hutin.

A sa grande surprise, Buridan — quand il eut fini son récit — l'embrassa avec effusion...

— Ah ! lui dit le capitaine, vous avez été heureusement inspiré !... La remise au roi de ce coffret est manifestement un coup du ciel !... Si vous l'aviez donné au seigneur Florestan, il me l'eût certainement remis et je l'aurais porté à l'hôtel Saint-Paul... Ah ! Marguerite, je te tiens enfin et notre vengeance à tous est assurée !...

— Eh bien ! mon ami, demanda Florestan au capitaine, ai-je bien fait ?... Tout vous semble-t-il suffisamment préparé !

— Vous avez, Florestan, le génie du châtiment !... Après le couvre-feu, nous nous réunirons à l'endroit convenu... Je veux qu'elle me voie et qu'elle tremble !...

. . . .

Expliquons ce que signifiaient ces paroles de Florestan : « Ai-je bien fait ? Tout vous semble-t-il suffisamment préparé ?»

Voulant absolument que le dénouement du plan vengeur qu'il avait depuis longtemps conçu éclatât le jour même de la rentrée à Paris du roi de Navarre, et dans la persuation où il était que cette rentrée n'aurait pas lieu avant le lendemain, Florestan avait décidé qu'il assisterait au lever de la régente en compagnie de Luigi — à qui il avait donné ses dernières instructions et qui lui avait, comme toujours, juré d'obéir aveuglément. En conséquence, quelques heures après son départ de Meudon et bien qu'il fût tourmenté au sujet de son père et d'Henri Valbray — qu'il n'avait point vus sur la route par la raison que le vieux Mathéï et l'écolier étaient chez le pêcheur quand il passa au galop de son cheval à la hauteur de la hutte — Florestan se présenta chez la reine de Navarre — où il fut reçu avec un empressement des plus flatteurs, aux yeux des courtisans — et Luigi, qui le suivait, loin de fuir Marguerite de Bourgogne, qui lui fit aussitôt des avances non équivoques, s'offrit pour ainsi dire à elle — tant pour exécuter le programme de son maître que pour échapper à la princesse Blanche dont les regards l'appelaient avec une jalouse impériosité...

Comme cela se faisait à tous les levers, des groupes se formèrent bientôt et la régente, prenant soin de se retrouver seule avec Luigi, ne tarda pas à lui parler ce langage de brûlante impudicité qui lui était si familier.

Le page, cette fois, répondit de son mieux et sans le moindre embarras, et lorsque Marguerite en vint à lui proposer une nuit à la Tour de Nesle, il manifesta une joie profonde...

— Eh bien ! fit alors la reine, puisque le roi, mon époux, revient demain, trouvez-vous ce soir, cher chérubin, au Pré-aux-Clercs, près de l'hôtel de Nesle. Quelqu'un vous ira prendre pour vous conduire auprès de moi.

— Ah ! madame, répondit Luigi avec un chagrin parfaitement joué, cette proposition — qui devrait me combler de felicité — me cause une peine extrême !

— Pourquoi donc, mon bel ange, puisque vous dites m'aimer ?

— Je vous aime, madame la Reine, de toutes mes forces de vingt ans, c'est vrai ! Mais...

— Mais quoi ?

— J'ai pour ce soir un engagement d'honneur... Oh ! madame, si vous daigniez vouloir...

— Dites, méchant...

— Demain, il vous serait bien facile de dérober une heure aux exigences du roi... et je serais, moi, le plus fortuné des mortels !...

— Je ferai donc ce que vous voulez... A demain !... Fidélité et discrétion, c'est tout ce que je vous impose...

Luigi sut répondre par un regard qui satisfit apparemment la reine, car elle lui pressa la main avec passion et, quelques instants après, Florestan et son page quittèrent le Louvre pour rentrer rue de la Parcheminerie.

Ils avaient eu à peine le temps de rendre compte au capitaine Buridan des incidents du lever de la régente, que l'on frappa à la porte de la cour.

Luigi alla ouvrir et Florestan fut très-étonné de reconnaître, en la personne qui se présentait, l'écolier dont le relai était le plus rapproché de Paris et qui ne venait d'ordinaire que tous les soirs.

—Le roi arrive!fit-il vivement et sans attendre qu'on l'interrogeât... Dans quelques heures à peine il sera dans Paris. Il a laissé sa suite à Saint-Denis et ne s'est fait accompagner que par trois seigneurs de sa cour, à cheval comme lui... Que faut-il faire ?

Nous n'avons pas besoin de dire l'effet produit par ces paroles sur nos trois amis.

Ils bondirent tous les trois comme sous un choc électrique et la même phrase sortit en même temps de leur bouche...

— Le roi arrive aujourd'hui !...

Florestan recouvra le premier son sang-froid.

— Tous les relais sont rentrés ? demanda-t-il !

— Oui, seigneur Florestan.

— Bien, allez à la recherche de votre camarade Roger et envoyez-le moi sur le champ.

Ce Roger était un grand et solide gaillard — étudiant de dixième année au moins — qui s'était chargé de transmettre, quand il était besoin, les ordres de Florestan aux autres écoliers.

Le *dernier relai* s'inclina et partit en courant.

Roger ne se fit pas beaucoup attendre. Il arriva, la toque sur l'oreille, une main frisant sa longue moustache et l'autre posée fièrement sur sa dague...

— Ce n'est pas demain qu'il faut agir, lui dit aussitôt Florestan, c'est ce soir ! .. Résumons-nous et écoutez-moi bien : — Vous allez vous tenir, vous et vos camarades, aux abords de l'hôtel Sàint-Paul. Quand vous y verrez arriver quatre seigneurs à cheval, vous demanderez justice pour le sang de vos frères, massacrés à la Tour de Nesle... L'un de ces seigneurs est le roi de Navarre ; il faut, entendez-vous ? il faut qu'il sache que toutes les nuits la Seine charrie des cadavres et que ces cadavres sont ceux des victimes de Marguerite de Bourgogne !... Allez, je compte sur vous...

— Mais, seigneur Florestan, si le roi nous fait arrêter ?

— Vous avez des dagues pour vous défendre et, au besoin, de bonnes jambes pour vous soustraire aux coups des archers... Et ce soir, après le couvre-feu, dix d'entre vous, comme je l'avais dit pour demain, se trouveront au Pré-aux-Clercs...

— C'est dit, seigneur !

. . . .

Voilà ce qu'avait fait Florestan tandis que

Valbray courait les rues de Paris à sa recherche.

. . . .

—Maintenant, dit-il après le départ de Roger, Luigi et moi nous allons retourner au Louvre.

— Ponrquoi ? demanda le capitaine.

— Pour voir la régente... avant ce soir...

— C'est juste... Et, dites-moi, vous êtes bien certain, au moins, qu'elle se rendra à la tour ?

— Elle me l'a demandé elle-même, je vous l'ai dit... Elle raffolo de son capitaine des gardes...

— Vengez-vous, vengez-moi, Florestan ! mais prenez garde ! C'est un démon que cette femme !

— Vous savez bien que nous serons en forces, capitaine, et que j'ai tout prévu...

— Mais Luigi ne pourrait-il attendre ici la fin de notre expédition ?

— Ah ! capitaine, je croyais vous avoir dit aussi que Luigi m'est absolument nécessaire.

Ceci fut dit d'un ton sec et péremptoire.

— Faites donc, dit Buridan,comme s'il se résignait devant une implacable fatalité ; mais je ne sais ce qui se passe en moi ; je me sens comme sous le coup de terribles pressentiments !...

— Souvenez-vous comme je me souviens, Buridan, et comme moi vous vous sentirez fort et confiant !

— Et moi, père, fit Luigi, je ne veux pas quitter Flora... Vous me pardonnez, n'est-ce pas ?

Le capitaine pressa son fils sur son cœur...

— Va ! lui dit-il simplement.

. . . .

Florestan et Luigi n'avaient pas eu de peine à être admis en présence de la reine de Navarre qui se promenait dans les jardins du Louvre. Charmée de cette seconde visite du jeune page, elle l'avait introduit sous une épaisse allée de marronniers, laissant Florestan causer avec les quelques officiers de sa suite.

Luigi, de son côté, bien pénétré de son rôle, avait facilement fait croire à la régente que, relevé fortuitement de l'engagement d'honneur dont il lui avait parlé à son lever, il accourait, ivre de joie et d'espoir, lui demander la faveur — insigne et encore inespérée le matin même — d'être reçu par elle, avant le lendemain, dans cette tour qui devait lui ouvrir le paradis...

— Ah ! bien-aimé, lui avait dit Marguerite en le baisant au front, voilà bien une preuve de votre amoureuse impatience... Je souscris de grand cœur à votre aimable demande,.. A ce soir et... à demain encore, si vous voulez !

. . . .

Le lecteur a probablement remarqué que la régente n'avait pas plus parlé de Buridan que s'il ne s'était rien passé par lui et pour lui pendant quelques jours. C'était uniquement parce qu'elle attendait le résultat de l'enquête qu'elle avait ordonnée immédiatement après la scène sanglante de Montfaucon. De leur côté, Florestan et Luigi s'abstenaient d'en dire un mot devant elle pour ne pas éveiller ses soupçons. Pour eux, la plus extrême prudence à cet égard était de rigueur.

En outre, le lecteur a pu voir que, dans la pensée de Buridan, son fils ne devait être, pour l'exécution du plan de son jeune ami, qu'un auxiliaire sans grande importance, puisqu'il s'étonnait de ce que Florestan voulût absolument se faire accompagner à la tour de Nesle par le jeune page...

La vérité est que Florestan s'était bien gardé de revéler au capitaine toute l'étendue du rôle qu'il destinait à Luigi. L'amour paternel se fût certainement révolté à cette révélation et il ne voulait pas avoir à lutter contre un sentiment aussi légitime et qui serait infailliblement devenu le plus redoutable des obstacles.

. . . .

C'était donc après la seconde visite de nos amis au Louvre, et lorsque toutes les combinaisons avaient été définitivement discutées et adoptées en vue des événements préparés pour le soir même, que Valbray avait rencontré Florestan, que celui-ci avait emmené l'écolier auprès de Buridan et de Luigi, et qu'enfin Valbray avait fait le récit que nous connaissons.

La découverte inattendue du coffret et sa

remise entre les mains du roi de Navarre ne changeaient rien à la situation. On avait, grâce à l'heureuse inspiration de l'écolier, un moyen de plus d'exaspérer le roi et c'était tout ce que pouvaient désirer Florestan et le capitaine — tous deux aussi avides l'un que l'autre d'une vengeance complète et éclatante !...

. . . .

Quiconque se fût trouvé — promeneur indifférent — au Pré-aux-Clercs, ce jour-là, après la sonnerie du couvre-feu, n'eût probablement pas été très-rassuré en rencontrant, presque à chaque pas, dans un rayon relativement restreint, plusieurs hommes couchés et paraissant dormir. Ces hommes étaient espacés, comme s'ils ne se connaissaient pas, et semblaient garder les abords de ce côté de l'hôtel de Nesle... Mais Paris n'offrait pas la moindre sécurité, à cette époque de truands et de tire-laine, et personne, parmi les gens honnêtes et paisibles, n'eût osé s'aventurer hors de chez soi passé le couvre-feu...

Une heure environ s'écoula sans qu'aucun de ces hommes fît un mouvement, puis une tête se montra, et une forme humaine rampa... Elle paraissait venir du côté de la Seine, dont elle avait gravi la berge, à dix pas de la tour de Nesle.

L'homme rampa jusqu'à l'un de ceux qui étaient étendus sur l'herbe et lui glissa dans l'oreille ces seuls mots :

— La barque vient d'arriver. J'en ai vu sortir une femme qui est entrée dans la tour.

— Et le batelier ?

— Il est resté dans la barque.

— Bien. Quand vous entendrez mon second coup de sifflet, vous ferez ce que je vous ai dit.

— Compris.

Alors, celui des deux hommes qui avait été prévenu de l'arrivée d'une femme à la tour, rampa à son tour jusqu'à un troisième homme et lui dit tout bas :

— Le moment est venu, mon ami. On vous attend !...

Sans répondre, le troisième homme se leva, marcha résolûment vers la tour et alla frapper trois coups à la poterne que nous avons déjà vu s'ouvrir.

On fut quelque temps sans venir. L'homme allait frapper de nouveau, lorsqu'enfin la poterne tourna sans bruit sur ses gonds et une ombre se montra dans l'entrebaillement.

— Que voulez-vous ? demanda l'ombre.

— Je veux être heureux, répondit l'homme qui avait frappé.

— Comment vous nommez-vous ?

— Luigi.

— Entrez.

Luigi entra et la poterne se referma.

. . . .

Moins d'une demi-heure après, un coup de sifflet retentit dans la nuit — qui était tiède et magnifique.

Aussitôt, cinq des hommes étendus se levèrent, et, se rapprochant les uns des autres, après avoir échangé de rapides paroles que nul n'eût pu entendre — à deux pas — ils se dirigèrent vers la poterne.

Un seul se plaça devant le seuil et frappa trois coups.

La poterne s'entr'ouvrit encore...

— Que voulez-vous ? fit une voix.

— Je veux entrer, maître Franceschi.

— Tiens ! c'est Orsini !

— Oui, j'ai à vous parler...

La porte s'ouvrit un peu plus grande.

C'est ce qu'attendaient probablement les cinq hommes, car ils se ruèrent sur le vieil italien avant qu'il eût pu les voir, le baillonnèrent, le garrotèrent en un clin-d'œil et le portèrent dans sa propre chambre, située, comme on sait, au fond du corridor et où il fut gardé à vue par trois de ses mystérieux agresseurs.

Cela fait, l'un des deux autres alla à la poterne, l'ouvrit, donna un coup de sifffet, et la referma pour aller rejoindre son compagnon qu'il prit par le bras et qu'il guida dans les ténèbres où ils se trouvaient.

. . . .

Au second coup de sifflet, cinq autres hommes, restés étendus sur l'herbe du Pré-aux-Clercs, se mirent à leur tour en mouvement, glissant dans l'herbe haute et touffue comme des serpents. Ils arrivèrent de la sorte jusqu'à la berge, se laissèrent rouler jusque dans l'eau où ils entrèrent ensemble, en évitant de la faire clapoter....

Bientôt ils entourèrent la barque, au fond de laquelle le batelier s'était imprudemment endormi. Ce que voyant, l'un d'eux — qui était grand et robuste — passa par dessus bord, lui planta jusqu'au manche la longue lame de sa dague dans la gorge et le lança dans la Seine...

Le pauvre diable d'assassin passa ainsi de vie à trépas sans s'éveiller !

. . . .

Marguerite de Bourgogne et Luigi sont seuls dans cette même chambre qui a vu le meurtre d'Henri d'Audigny et de tant d'autres jeunes hommes — amenés là par la lubricité et par la trahison...

La régente, comme toujours, est à peine vêtue et, la coupe à la main, elle boit à l'amour — qu'elle insulte et dégrade !...

Luigi lui fait raison juste assez pour qu'elle croie qu'il partage son impudique ivresse — tandis que son cœur se soulève de dégoût. Il touche peu aux fruits savoureux et aux pâtisseries délicates qui constituent la collation dont la royale bacchante fait d'ordinaire précéder ses infâmes orgies... Il s'observe et attend...

Enfin, le feu des désirs dévore la reine ; elle se lève frémissante et pâle, s'empare du page comme d'une proie, le couvre de baisers et cherche à l'entraîner vers une pièce voisine...

— Viens ! lui dit-elle fiévreusement. Viens, ange aimé !..

Soudain, un bruit se fait entendre. On dirait d'un meuble qui tombe...

A ce bruit, Luigi se dégage des étreintes de la régente et s'écrie avec une intraduisible explosion :

—Ah! assez de vos ignobles caresses et de vos odieuses tentatives! Vous me faites horreur !...

La reine interdite, stupéfaite, croit à un subit accès de folie... Elle cherche à lire la vérité dans les yeux étincelants et sur le front indigné du jeune homme ; mais elle n'y voit que l'expression non déguisée du plus profond mépris... Elle va parler, hautaine et courroucée, lorsque tout-à-coup elle recule effarée, atterée comme à l'aspect d'une terrible vision...

La porte même par laquelle elle a voulu entraîner Luigi, cette porte s'ouvre brusquement et deux hommes apparaissent, silencieux et froids comme le Destin...

En eux elle a reconnu le seigneur Florestan et le capitaine Buridan !...

En apercevant Luigi, le capitaine se tourna vers son ami avec un geste de désespoir et de colère...

— Ah ! fit-il, Luigi avec elle !... Vous m'aviez dit que c'était vous !...

. . . .

Ce reproche de Buridan demande un mot d'explication.

Pour laisser croire jusqu'à la fin au capitaine que Luigi n'était pour lui qu'un auxiliaire, Florestan — quand ils furent arrivés tous deux à l'étage de la tour où la régente recevait — l'avait laissé sans lumière en lui disant :

— Je vais trouver la reine qui doit m'attendre impatiemment et je viendrai vous chercher quand il le faudra.

— Et Luigi ? avait demandé le capitaine.

— Luigi est en bas avec les autres.

Ces derniers mots avaient suffi à Buridan, qui resta seul tandis que Florestan allait attendre à la porte de la régente que le moment d'agir fût arrivé.

. . . .

Marguerite de Bourgogne n'était point

femme à se laisser dominer par la peur et comme elle devina instantanément que ces deux hommes étaient deux ennemis, elle s'élança vers la porte ouverte en appelant à l'aide :

— Franceschi ! s'écria-t-elle, à moi avec tes hommes !...

Buridan la saisit par un bras et la repoussa rudement au milieu de la chambre ; puis il ferma la porte et se plaça devant.

— Ne te dérange donc pas, Marguerite, dit-il froidement. Il n'y a plus d'assassins à la tour de Nesle !...

— Et l'heure de la justice a sonné ! fit Florestan. Luigi, relevez donc la manche de votre pourpoint, je vous prie... Je crois que madame la reine de Navarre sera fort aise de voir votre bras...

Luigi obéit avec empressement, et la reine put voir sur ce bras blanc et déjà nerveux la croix rouge et l'M qui y étaient tatoués et dont Buridan lui avait parlé un jour.

Elle se souvint, la reine, car elle devint blême et s'écria en se couvrant le visage de ses mains...

— Grand Dieu ! Mon fils !... Qu'allais-je faire ?

— Il n'est donc pas trop tard ? demanda le capitaine en s'élançant vers Luigi qu'il prit dans ses bras.

— Non, lui répondit Florestan. J'avais juré à Luigi de veiller sur lui !...

Des exclamations de la reine, une seule avait frappé le jeune page...

— Son fils ! répéta-t-il avec une sorte d'égarement. Moi, le fils de cette femme !... Ah ! si c'était vrai, je ne mériterais plus de vivre !...

— Il vous reste votre père ! fit gravement

Florestan. Vous savez bien que vous pouvez aimer le capitaine sans rougir !...

— Ah ! c'est vrai !

Et le père et le fils se tinrent un moment étroitement embrassés.

Pendant que se passait cette scène rapide et touchante, Marguerite paraissait anéantie... On eût pu croire, en la voyant affaissée et morne, que le bras nu de Luigi l'avait assommée...

Florestan la montra du doigt au capitaine...

— Vous voyez, lui dit-il, que j'ai bien fait de choisir Luigi... Le remords commence son œuvre !...

Au mot de *remords*, la régente se leva d'un bond, l'œil en feu...

— Ah ! hurla-t-elle, vous paierez cher l'insolente comédie que vous êtes venus jouer ici !... Qu'il soit mon fils ou non, ce jeune audacieux vous suivra tous les deux à Montfaucon !...

— Oh ! ricana Buridan, je t'engage à choisir un autre lieu de supplice : tu vois qu'on en revient !...

— Allons, vils sujets, place à la Régente ! J'ai des ordres à donner avant le retour du roi !... Quand vous serez pendus, vous lui demanderez justice...

Florestan alla se placer à deux pas de Marguerite et, la regardant bien en face :

— Vous n'avez plus de pouvoir, lui dit-il, et le roi est, présentement, à l'hôtel Saint-Paul... Regardez-moi bien, femme odieuse, et apprenez enfin qui je suis... Je ne suis pas le seigneur Florestan. Je me nomme Flora Mathéï et je vous hais autant que je vous méprise !... Pour venger dignement le meurtre d'Henri d'Audigny — qui était mon fiancé, qui allait être mon époux le jour même où la Seine a rejeté son cadavre — savez-vous ce que j'ai fait ?... J'ai tué de ma propre main votre favori Gauthier d'Aulnoi ; j'ai soustrait aux effets de votre lâche trahison le capitaine Buridan au moment où votre bourreau lui passait la corde autour du cou ; je suis venue ici, dans cette tour infâme, pendant dix jours et j'ai arraché à la mort autant d'écoliers qui seront des témoins irrécusables quand vous serez jugée juridiquement ; enfin, c'est moi, moi seule qui ai poussé votre fils dans vos bras... Si vous n'avez pas été incestueuse, vous ne le devez qu'à son caractère qui est celui d'un honnête et loyal gentilhomme !... J'ai eu pitié de lui, malgré toute ma haine pour vous !...

— Misérable ! rugit la régente qui ne se possédait plus de rage.

— Et moi, fit Buridan, le hasard m'a fait trouver un ami qui s'est chargé de remettre aujourd'hui même à monseigneur le roi de Navarre certain coffret dont te parlait la lettre que t'a remise ton capitaine des gardes le jour de ma première arrestation !

La régente se tordait les mains et faisait entendre d'une voix rauque les plus effroyables menaces...

Flora s'approcha plus près d'elle encore.

— Je ne veux pas assassiner la reine de Navarre, dit-elle ; mais je veux traiter selon ses mérites la ribaude couronnée qui déshonore mon sexe !...

Et, dégantant sa main droite, elle souffleta Marguerite de Bourgògne, à qui cet outrage fit pousser un cri terrible et qui voulut s'élancer sur celle qui venait de la stygmatiser ainsi; mais à ce moment même des pas nombreux retentirent dans la pièce voisine, on frappa rudement à la porte et une voix forte et impérieuse prononça ces cinq mots :

— Au nom du Roi, ouvrez !

— J'en étais sûre, dit Flora sans se déconcerter.

Puis, se tournant vers ces deux amis, elle ajouta :

— Laissons faire la justice des hommes, en attendant celle de Dieu, et suivez-moi !

Alors, ouvrant vivement la fenêtre, elle monta sur un escabeau et s'élança dans la Seine...

Buridan et Luigi l'imitèrent sans la moindre hésitation et disparurent à l'instant où Louis-le-Hutin, ayant fait enfoncer la porte par les gardes qui l'accompagnaient, faisait irruption dans la chambre et arrêtait de sa royale main sa femme, Marguerite de Bourgogne, reine de Navarre !

. . . .

Luigi s'était élancé le dernier par la fenêtre de la Tour de Nesle, mais il n'avait probablement pas pris assez d'élan, car avant qu'il ne touchât l'eau, il poussa un cri qui n'avait rien d'humain...

Hélas ! c'était un cri d'agonie !...

Le malheureux page s'était brisé la colonne vertébrale en tombant sur le bord de la barque amarrée au pied de la tour maudite !...

Quand Florestan et le capitaine qui, après avoir plongé, étaient revenus sur l'eau et avaient, ainsi qu'ils en étaient convenus, gagné la barque, ils y trouvèrent sans mouvement le corps de l'infortuné jeune homme...

Aidés par les écoliers, qui n'avaient pas quitté leur poste après l'exécution sommaire du batelier-assassin, ils avaient tenté l'impossible pour le rappeler à la vie...

En vain : Luigi était mort !

ÉPILOGUE

Notre tâche est achevée. Nous ne ferons aucune réflexion sur les mœurs à demi-sauvages de l'époque où se passèrent les événements qu'on vient de lire : nous espérons que notre récit aura suffisamment mis en relief l'affreuse nature d'une femme qui tenait à la fois de l'hyène et du vampire et qui, cependant, appartient à l'histoire...

C'est tout ce que nous avons voulu.

Dès qu'elle fut arrêtée, Marguerite de Bourgogne fut enfermée au château de Gisors, dans le Vexin normand, puis transférée, quelque temps après, au château Gaillard, près des Andelys — où sa cousine Blanche l'avait précédée.

La princesse Jeanne, elle, fut incarcérée à Dourdan.

La captivité de la reine de Navarre, selon

tous les historiens, dura six ans — c'est-à-dire jusqu'à l'avénement de Louis-le-Hutin au trône de France, et, pour célébrer son élévation, il décréta la mort de cette femme qui n'avait porté son nom et sa couronne de Navarre que pour les souiller de sang et de boue !...

On raconte que lorsqu'elle vit le bourreau pénétrer dans sa prison, Marguerite entra dans une fureur de bête fauve... Elle se jeta sur lui comme pour le déchirer avec ses ongles ; elle se cramponna à ses vêtements et à ses bras de manière à paralyser ses mouvements, de sorte que cet exécuteur des volontés du roi ne put faire aucun usage du large et terrible coutelas qu'il portait à son côté... Dans la lutte acharnée qu'elle soutint ainsi contre la mort qui la venait prendre, la condamnée eut des gestes si violents que sa longue et admirable chevelure se dénoua, roulant sur ses épaules nues et sur ses haillons des tresses nombreuses et rutilantes... A cette vue, le bourreau eut une inspiration subite : il parvint à dégager ses bras en meurtrissant sa proie en délire, saisit à pleines mains la noire chevelure, la passa comme une écharpe autour du cou de Marguerite et la tordit par ses extrémités jusqu'à ce qu'un râle suprême et quelques convulsions lui eussent appris que sa lugubre mission était accomplie...

Le *Monstre du XIVe siècle* était mort étranglé.

. . . .

La princesse Blanche, pardonnée par son époux, conserva sa place sur les marches du trône et ne fit plus parler d'elle.

Elle fit peut-être pénitence !

Quant à Jeanne, elle ne trouva point dans le comte de Poitiers la même mansuétude. Elle dut choisir pour oratoire et pour unique demeure — à sa sortie du château de Dourdan — cette même tour de Nesle qu'elle avait aidé à rendre à jamais célèbre et dans laquelle elle se consuma poursuivie par des remords et des terreurs qui épouvantaient tous ceux qui l'approchaient.

. . . .

Le procès des trois princesses avait eté bientôt instruit. Le vieux Franceschi avait fait les aveux les plus complets. On lui avait promis la vie sauve — ce qui ne l'empêcha pas d'être roué vif en place de Grève !

Les écoliers — dont les gardes du roi de Navarre s'étaient emparés à leur arrivée à la tour — ne s'étaient point fait faute de parler et leur témoignage avait été tout aussi accablant que les révélations de Franceschi. — Il est vrai qu'ils payaient du bannissement la chance d'avoir échappé aux massacres organisés par Marguerite de Bourgogne...

Ils avaient touché à la Reine !

. . . .

Henri Valbray avait couru à la maison du pêcheur — en quittant Florestan — mais il avait bien vite reconnu que ses soins étaient superflus... Une seconde attaque d'apoplexie avait frappé l'ancien marchand lombard et il se mourait...

Quand Flora accourut à son tour, pendant la nuit — bouleversée déjà par la mort si malheureuse de Luigi — son père avait cessé de vivre !

. . . .

A quelque temps de là, la jeune fille, pâle et triste, mais résignée, se présentait à la porte d'une communauté de religieuses appartenant à un ordre des plus austères et demandait à être admise comme novice...

Elle se reprochait amèrement la mort de Luigi, celle de son vieux père et elle craignait d'avoir été trop loin dans sa vengeance...

Elle fuyait le monde — qu'elle ne pouvait plus voir — et se réfugiait en Dieu — qui soutient et console !

. . . .

Après avoir pieusement rendu les derniers devoirs à son fils — et comme il venait de voir une dernière fois Flora Mathéï avant de quitter Paris et peut-être la France, le capitaine Buridan était passé devant l'hôtel de Nesle... Il s'était arrêté et par un geste d'une éloquente expression il avait montré le poing à la tour — qui se mirait orgueilleusement dans les flots de la Seine !

Puis il s'était éloigné et, depuis lors, plus jamais on n'entendit parler de lui.

. . . .

Peu aprés le supplice de Marguerite de Bourgogne, on s'entretenait, mais assez vaguement, dans la fourmilière des écoliers, d'un docteur en Sorbonne, nouvellement arrivé, car nul ne le connaissait. Ce docteur — évidemment vieux avant l'âge et qui paraissait avoir beaucoup souffert — professait, disait-on, de fort étranges théories sur l'autorité royale et sur le respect dû aux têtes couronnées. D'aucuns même affirmaient l'avoir entendu préconiser le régicide !

On ne le nommait que le *Docteur Néant*...

FIN

Roubaix, 16 Février 1879.

www.ingramcontent.com/pod-product-compliance
Lightning Source LLC
Chambersburg PA
CBHW070750030726
47504CB00003B/512
* 9 7 8 2 0 1 9 5 9 5 6 9 2 *